DANS LA NUIT MOZAMBIQUE
ET AUTRES RÉCITS

DU MÊME AUTEUR

Théâtre
Combats de possédés, Actes Sud - Papiers, 1999.
Onysos le Furieux, Actes Sud - Papiers, 2000.
Pluie de cendres, Actes Sud - Papiers, 2001.
Cendres sur les mains, Actes Sud - Papiers, 2002.
Le Tigre bleu de l'Euphrate, Actes Sud - Papiers, 2002.
Salina, Actes Sud - Papiers, 2003.
Médée Kali, Actes Sud - Papiers, 2003.
Les Sacrifiés, Actes Sud - Papiers, 2004.
Sofia Douleur, Actes Sud - Papiers, 2008.

Romans
Cris, Actes Sud, 2001 ; Babel n° 613, 2003.
La Mort du roi Tsongor, Actes Sud, 2002 ; Babel n° 667, 2005.
Le Soleil des Scorta, Actes Sud, 2004 ; Babel n° 734, 2006.
Eldorado, Actes Sud, 2006 ; Babel n° 842, 2007.
Dans la nuit Mozambique, Actes Sud, 2007.
La Porte des Enfers, Actes Sud, 2008.

Littérature jeunesse
La Tribu de Malgoumi, Actes Sud Junior, 2008.

© ACTES SUD, 2007
ISBN 978-2-7427-7683-2

LAURENT GAUDÉ

DANS LA NUIT MOZAMBIQUE

ET AUTRES RÉCITS

BABEL

SANG NÉGRIER

A Bertrand Py,
Je sais tout ce que mes livres te doivent,
Merci.

Vous me dévisagez. Vous avez peur. J'ai quelque chose de fiévreux dans le teint qui vous inquiète. Je souris. Je tremble. Un homme brûlé, pensez-vous. Je ne lève pas les yeux. Je sursaute souvent, au moindre bruit, au moindre geste. Je suis occupé à lutter contre des choses que vous ne voyez pas, que vous seriez même incapables d'imaginer. Vous me plaignez, et vous avez raison. Mais je n'ai pas toujours été ainsi. Je fus un homme autrefois.

Aujourd'hui que j'y repense – malgré les années qui ont passé, malgré mon esprit rongé par les cauchemars et les peurs vénéneuses, malgré cette méfiance dévorante qui me fait fuir la compagnie des hommes –, aujourd'hui, je sais que c'est ce jour où nous avons commencé à devenir fous, sans même nous en apercevoir. Nous sommes entrés dans une nuit qui allait nous emporter les uns après les autres, et depuis ce jour, je m'en rends compte maintenant, même si mon esprit est troublé – ils le disent tous, ceux que je croise dans les rues et qui parlent à mon passage –, depuis ce jour, oui, la vie ricane dans mon dos. Elle me tord, m'inquiète et me prive de sommeil. Je ne suis plus ce que j'étais. Je fais peur, j'ai des yeux de chat et une maigreur de phtisique. Aujourd'hui pourtant, bien que je sois fou – comme ils le disent, et je ne leur donne pas tort tant je sens en moi d'agitation et de terreur –, aujourd'hui, je revois tous ces instants avec clarté.

"Commandant, il en manque cinq…"

C'est là, lorsque cette phrase a été prononcée, que tout a commencé. L'homme qui se tenait devant moi s'appelait Crombec. C'était un vieux cap-hornier à qui un cordage, un jour de tempête, avait arraché une oreille. Il me fixait avec un air d'enfant fautif, le regard bas, la moue boudeuse. Il ne m'avait pas appelé "capitaine" pour bien me faire sentir qu'à ses yeux, je n'étais que le remplaçant provisoire du vieux Bressac : un second promu par les aléas du sort, rien de plus, pas un vrai capitaine, pas encore.

"Comment ça cinq ? dis-je avec stupéfaction.

— On a recompté trois fois, répondit-il avec calme. C'est certain. Il en manque cinq."

Je me mordis les lèvres. Cinq nègres s'étaient échappés de notre navire. Cinq nègres sortis du port qui couraient sûrement maintenant dans les rues de la ville. Ils allaient profiter de la nuit pour piller, violer ou faire Dieu sait quoi… A cet instant je sentis que quelque chose venait de naître qui allait nous échapper. Quelque chose de pénible dont nous ne parviendrions pas à nous défaire. Les courants du sort avaient décidé de jouer un peu avec nous et il allait être difficile de s'y soustraire.

"Foutre Dieu", dis-je, et je me précipitai vers le navire pour rameuter tous les matelots.

Tout avait commencé à Gorée, au large du Sénégal, lorsque le capitaine Bressac eut la mauvaise idée de mourir. Nous y mouillions depuis douze jours : le temps d'acheter le bois d'ébène et de le charger à bord. Nous nous apprêtions à partir pour l'Amérique comme nous l'avions fait tant de fois auparavant mais Bressac tomba malade. Je pris provisoirement les commandes. Les choses étaient simples. Il suffisait de superviser les dernières manœuvres de chargement. Pendant trois jours il ne quitta plus sa cabine. On parla d'abord d'une légère indisposition, puis de fièvre, puis personne ne parla plus de rien. Le médecin que nous appelâmes monta à bord d'un air las et ne quitta plus la cabine. Lorsqu'il en ressortit le soir du troisième jour, ce fut pour nous annoncer la mort du capitaine : la fièvre l'avait bouffé de la tête aux pieds. Il ne restait plus qu'un corps maigre dans des draps salis de sueur.

Bressac mort, c'était à moi qu'il revenait d'assumer le commandement. Il ne fallait pas perdre trop de temps : achever le chargement du navire le plus vite possible et quitter l'Afrique, pour laisser derrière nous la fièvre accrochée aux côtes comme la brume aux rochers les jours de touffeur.

Aujourd'hui, je m'étonne de ne pas avoir senti que le malheur rôdait autour de nous, que c'était lui qui provoquait ces aléas, que c'était lui encore qui suscitait nos décisions. Nous aurions dû nous méfier de nous-mêmes, mais nous n'en fîmes rien. Nous étions encore, à l'époque, des hommes rudes que le vent n'intimide pas. Je pris les commandes. Personne n'eut rien à redire à cela. C'était bien. Du reste, la mort du capitaine n'avait pas affecté les hommes. Ils étaient habitués. Le scorbut accompagnait les navires comme les cormorans accompagnaient les pêcheurs dans la baie de Cancale, et faisait mourir les équipages sans discernement.

Mais je fis une erreur qui scella tout. Je ne sais pas comment cette idée a pu naître en moi. Cela, depuis, me tourmente. Nous aurions dû réserver au vieux Bressac le même sort que celui qui nous attendait, chacun d'entre nous, si nous crevions à bord : la mer. Rien de plus. Le bruit des vagues pour seule cathédrale. Mais ce n'est pas ce que j'ai ordonné. Peut-être parce que je connaissais le capitaine depuis toujours. Peut-être parce que je connaissais sa veuve et qu'il me semblait naturel de lui rapporter le corps de son vieil homme. J'ai ordonné de changer de cap : remonter vers Saint-Malo pour y déposer la dépouille de Bressac, et, de là, continuer notre route vers l'Amérique. C'était de la folie. Mais personne n'a rien dit. Peut-être que le sort qui avait affecté mon discernement avait aussi brouillé celui de mes hommes pour que nous plongions tous dans l'erreur avec la même assurance. Ou peut-être qu'au fond, cela les arrangeait : ils allaient revoir leurs familles plus tôt que prévu.

Aujourd'hui, je suis sûr que le vieux corps du capitaine m'a maudit d'avoir pris pareille décision. La mer. C'est ce qu'il aurait aimé. Revenir à Saint-Malo pour rendre sa dépouille à sa famille était une aberration. Qui, du reste, pouvait bien vouloir d'un corps puant de plusieurs semaines de putréfaction ?

Nous avons levé l'ancre. L'île de Gorée a lentement disparu. Le gémissement des nègres est monté du ventre du bateau. Ils faisaient toujours cela : gémir lorsque les dernières terres d'Afrique disparaissaient à l'horizon. Nous avions l'habitude. Nous ne les entendions même plus.

C'est ainsi que nous avons mis le cap sur la France, comme un chien le ferait par automatisme à la mort de son maître. Nous ne nous méfiions de rien. Nous chantions sur le pont, sans entendre, sous nos pieds, les dents des nègres qui crissaient et leurs fronts qui frappaient le bois des poutres.

Après des semaines de navigation, un jour, en fin d'après-midi, nous arrivâmes à destination. Le ciel était bas. Les remparts de la cité nous toisaient avec morgue. Les enfants, sur les quais, nous regardaient à la manœuvre avec des yeux de flétan.

J'ai voulu que la première opération soit le débarquement du cercueil du capitaine. La veuve était là. Elle avait été prévenue et attendait sur le quai, flanquée de ses enfants. Nous avons essayé de faire cela dignement. Personne ne lui a dit que son mari puait dans les cales depuis des semaines, que les nègres au-dessous vomissaient jour et nuit d'avoir à partager leur captivité avec un cadavre. Personne ne lui a dit que le vieux Bressac lui-même avait dû prier dans sa mort pour être jeté par-dessus bord plutôt que de traîner de jour en jour sur les mers du monde.

Nous avons descendu le cercueil au rythme lent de la solennité. Nous avons fait cela bien. Une calèche attendait. Nous nous sommes tous mis à sa suite et nous avons marché à travers les ruelles, escortant la veuve et ses enfants. Il y avait là l'équipage entier bien sûr, mais aussi toute la bonne société de la

ville : l'armateur, certains membres de la capitainerie, les nobles, quelques prélats…

Nous enterrâmes Bressac sans douleur, avec seulement la tristesse des hommes face à leur finitude.
Nous ne nous doutions pas que ces instants étaient
les derniers moments de calme que nous connaîtrions.

La foule revint du cimetière en petits groupes
épars. Nous avions remis nos casquettes et allumé
nos pipes. Nous traînions nos sabots en devisant sur
cette foutue fièvre qui vous avalait un homme plus
rapidement que la mer. C'est alors que nous enten-
dîmes des cris. Une nuée de gamins venait à notre
rencontre en hurlant : "Ils essaient de s'échapper ! Ils
essaient de s'échapper !" Je compris tout de suite
qu'il s'agissait de mon navire. Toute la ville était là.
La honte me monta aux joues. Comment était-ce possible ? Les nègres étaient sortis ? Comment avaient-
ils pu s'échapper du ventre du navire ? Les voix des
gamins continuaient à résonner sur le pavé. Le brouhaha s'emparait de la foule. Je sentis que l'on me
tiendrait responsable de tout. Il fallait les calmer, les
rassurer, leur montrer que je n'étais pas un écervelé
inconséquent. "Je m'en occupe", dis-je à voix haute
en regardant les visages dans la foule tout autour de
moi. Je fis un signe de la tête à mes hommes pour
qu'ils me suivent et, tandis que nous étions déjà en
train de courir vers le port, je leur lançai avec rage :
"On va retrouver ces nègres et on va leur faire passer
le goût de la liberté !"

Lorsque nous arrivâmes sur le quai, c'était un capharnaüm inimaginable : les badauds se mêlaient aux marins, des enfants, mi-effrayés, mi-excités, couraient en tous sens. Les nègres, eux, sans que l'on sache comment, avaient réussi à ouvrir la trappe de la cale et s'étaient précipités sur le pont. Quelques marins des navires voisins, voyant cela, s'étaient immédiatement chargés de les empêcher d'aller plus loin. Un désordre confus s'était ensuivi. Des coups avaient été échangés. On cria. On frappa. Les nègres, encerclés de toute part, repoussés sur le pont du navire, devinrent fous et tentèrent de sauter sur le quai, comme des hommes qui sautent dans le vide. C'est à cet instant que nous arrivâmes : juste à temps pour éviter qu'ils ne parviennent à se répandre dans le port comme une volée de sauterelles.

Aujourd'hui que j'y repense, leur désir de quitter le pont du navire me semble absurde. J'en sourirais presque. Où comptaient-ils aller ? S'imaginaient-ils vraiment pouvoir disparaître dans cette ville qu'ils ne connaissaient pas ? A moins qu'ils n'aient pas pensé à tout cela. A moins qu'il ne se soit agi que d'une sorte de réflexe de survie. Quitter ce navire. Simplement cela. Quitter ce bateau qui les menait en enfer. Quitter cette cale où ils vomissaient depuis des semaines les uns sur les autres. Descendre. Courir droit devant eux. C'est cela, sûrement, qui les a portés. Mettre le plus de distance entre eux et le bateau. Rien de plus.

A notre arrivée, nous nous armâmes de mousquetons. J'abattis aussitôt le premier nègre qui se présenta. Il alla rouler au milieu des autres, le poitrail ouvert. Cela ramena le calme. Plus personne ne bougea pendant quelques secondes. Nous profitâmes de ce moment de stupéfaction pour remonter à bord, en poussant de grands cris et en rouant de coups tous les corps que nous pouvions atteindre. Tout fut réglé assez vite.

J'étais soulagé. La fuite avait été endiguée. Le pire était évité. Je ne perdais pas la face vis-à-vis des autorités de la ville. Avec un peu de chance, même, on louerait la célérité et la poigne avec lesquelles j'avais réglé tout cela.

Je ne souris pas longtemps. Crombec remonta de la cale où il avait été remettre un peu d'ordre. Il était là, maintenant, devant moi, la face taciturne et la lèvre molle. Il venait de m'annoncer qu'il en manquait cinq et attendait que je prenne une décision. Comment cela était possible, je ne le sais pas. Personne n'en avait vu s'éloigner mais le fait était là, indéniable comme une vérité arithmétique : il en manquait cinq.

Ils devaient déjà courir dans les rues de Saint-Malo et c'était ma faute. Il allait falloir les traquer, les dénicher là où ils se cachaient. Je descendis du bateau en pestant et, à l'instant où mon pied toucha le quai, je jure qu'un long frisson me parcourut le dos. Je sentis que quelque chose venait de s'abattre sur moi qui me poursuivrait toute la vie.

Il fallait faire vite. Ma réputation était en jeu. Il me les fallait vivants sans quoi j'allais perdre de l'argent et on se rirait de moi. Je regardai mes hommes. Je leur en voulais d'être là et de penser ce qu'ils pensaient. Je savais qu'ils se disaient que cela ne serait pas arrivé du vivant du capitaine. Je voyais dans leur regard que pour eux, j'avais le mauvais œil. Alors je serrai les poings et je les exhortai à partir à la chasse. Quelques instants plus tard, nous sortîmes du port comme une meute en colère.

C'est moi qui entendis les cris de la foule au loin. "Là-bas", dis-je à mes hommes et ils tournèrent tous la tête dans la direction que j'indiquais, avec la célérité de chiens de chasse. Des cris retentissaient près des murailles. Nous arrivâmes en courant à la Grande Porte. La nuit était déjà tombée mais une foule compacte se tenait serrée au pied des remparts. "Il est là !" dirent plusieurs mégères à notre passage en montrant le chemin de ronde. Nous montâmes les marches de l'escalier quatre à quatre. Le nègre était tapi dans le renfoncement d'une tourelle. Il avait dû essayer de se cacher, espérant qu'on l'oublie s'il ne bougeait plus. Mais la foule, en bas, n'avait cessé de le montrer du doigt. Il était immobile et terrorisé par ces visages blancs tout autour de lui. Nous avançâmes lentement. "Doucement, les gars, dis-je. Il n'y a pas de raison de l'esquinter." Le nègre sembla comprendre ce que je venais de dire. D'un coup, il se redressa et nous contempla avec de grands yeux. Il nous dominait de toute sa stature. Puis, sans un mot, il se mit à courir, enjamba la muraille et sauta dans le vide. Nous n'eûmes le temps de rien. Juste de le suivre des yeux et d'entendre l'horrible bruit du corps, de l'autre côté des murailles, qui se disloquait. Je pensai que je venais de perdre un beau sac de pièces d'or, je pensai à ce gâchis et je donnai un coup de pied dans la pierre.

Nous descendîmes les marches et tentâmes de nous frayer un passage dans la foule pour aller récupérer le cadavre. C'est là que le duc m'intercepta. Il était flanqué du chef de la garde royale. "Qu'est-ce que vous faites ?" aboya-t-il. Je commençai à répondre que j'allais régler tout cela très vite mais il ne me laissa pas poursuivre : "On a vu comment vous réglez tout cela." Il avait le visage rouge de colère. "Vous croyez que cela fait bonne impression, dans les rues, des nègres qui sautent des toits et des murailles ?" J'allais répondre mais il me fit signe de me taire. "Maintenant, c'est moi qui me charge du problème. J'ai ordonné un couvre-feu. On va les avoir. Cette nuit. Il faut faire cela méthodiquement." Et comme je tentais de le faire revenir sur sa décision, il m'interrompit avec sécheresse : "Je sais ce que vous pensez, dit-il, et vous avez raison de le penser : oui, on va les abattre, vos nègres enragés. Vous n'aviez qu'à les tenir plus serrés. Et vous allez même nous aider. J'espère pour vous que nous les aurons avant qu'ils ne fassent trop de dégâts. Car je vous préviens, nous vous tenons pour responsable, toute la ville vous tient pour responsable de cette horrible mascarade."

Ce faisant, il se tourna vers ses hommes et leur ordonna de disperser la foule. De partout, bientôt, montèrent les cris des gardes qui, en patrouillant dans les rues, répétaient sans cesse : "Couvre-feu ! Couvre-feu !" La ville se vida en moins d'une heure.

La nuit pesait sur les toits. A chaque carrefour, des gardes se mirent en faction et bientôt des volontaires venus de partout les rejoignirent.

J'ai vu de la joie, cette nuit-là. Je m'en souviens. J'ai vu, dans les visages et dans les regards, la joie de participer à une grande battue. Il y avait, dans les rues de la ville, cette nuit-là, un bonheur inavoué qui se répandait d'un groupe à l'autre, comme la puanteur d'un poisson avarié.

Personne n'osera dire l'excitation qui battait dans nos veines à cet instant. La ville nous appartenait. Nous étions tous armés de bêches, de pioches, de couteaux ou de pistolets. Nous patrouillions en petits groupes à la recherche du moindre bruit, de la moindre silhouette inhabituelle. Personne n'osera dire combien nous avons aimé cela. Et les volontaires étaient toujours plus nombreux. Ils voulaient tous en être. Chasser. Participer à cette nuit où nous avions le droit de tuer, le droit que dis-je, le devoir, pour la sécurité de nos enfants. Toute la ville a aimé cela. Nous avons même prié pour que cela ne prenne pas fin trop vite.

Aujourd'hui, lorsqu'il m'arrive encore d'aller sur le port ou au marché – ces moments se font rares tant la compagnie des hommes m'est insupportable, que dis-je la compagnie, leur simple vision –, aujourd'hui, donc, je ne vois que laideur. Ils le cachent et font comme si rien n'avait jamais eu lieu, mais dans leurs visages lourds et débonnaires de commerçants, je retrouve les sourires de cette nuit-là. Je sais de quoi nous avons été capables. Je sais ce qui est en nous. Cette jubilation, nous l'avons laissée s'emparer de nous pour une nuit, pensant ensuite pouvoir la congédier, mais elle est là, tapie dans nos esprits désormais. Elle nous a fanés. Et si personne n'en parle, c'est parce qu'il faut bien faire semblant de vivre. C'est pour cela qu'ils me détestent. Je leur rappelle sans cesse cette nuit. Alors, ils peuvent bien cracher sur mon passage, cela n'y change rien : je n'étais pas seul cette nuit-là et je sais que le plaisir de la sauvagerie, nous l'avons tous partagé.

Nous avons arpenté les rues avec nos torches. Le bruit de nos sabots sur les pavés résonnait avec le son sévère de l'autorité. La ville se mit à grouiller de plusieurs rumeurs. On en avait vu un près de la porte Saint-Louis. Un autre sur les toits du marché couvert. C'étaient des géants aux dents qui brillaient dans la nuit. Même nous qui connaissions ces nègres pour les avoir eus sous nos pieds pendant trois semaines de traversée, même nous qui savions qu'ils n'avaient rien de géants mais étaient secs et épuisés comme des fauves en captivité, nous laissions dire. Les hommes avaient besoin de cela. Il fallait que croisse la démence pour que nous sortions de nous-mêmes.

Le premier fut abattu une heure à peine après le début du couvre-feu. Le coup de mousquet fit sursauter les rats des ruelles. Il avait été trouvé face au Grand-Bé, sur le point de traverser à la nage pour fuir la ville. De toute façon, il se serait noyé, mais on lui tira dans le dos puis on le ramena jusque devant la cathédrale pour que chacun puisse voir à quoi ressemblaient ces nègres.

Plus tard, un autre fut bastonné par des paysans qui le trouvèrent recroquevillé dans un coin de la rue de la Pie-qui-Boit. Il avait dû faire une chute car il ne bougeait plus. La cheville fracturée, peut-être. Les gardes se jetèrent sur lui avec jubilation et lui brisèrent les os sans qu'il eût le temps de râler sur le pavé.

Le troisième, je le ramenai vivant moi-même. Je le trouvai dans la cave d'un tonnelier, terrorisé et tremblant de faim, je le traînai par les cheveux jusqu'à la place de la cathédrale, je le montrai à la foule, je le forçai à s'agenouiller et je lui tranchai la gorge. Nous avons aimé ce spectacle. Chacun de nous a ressenti au plus profond de lui que c'était ce qu'il fallait faire cette nuit : tenir la bête à ses pieds et l'immoler. Aujourd'hui que j'y repense, je mesure combien nous étions loin de nous-mêmes. J'aurais dû tout faire pour garder ce nègre vivant. J'avais fait le plus difficile. Je n'avais plus qu'à le ramener au navire et à le plonger à fond de cale avec ses congénères. J'en aurais tiré un bon prix. Mais non. Cette nuit-là, il fallait du sang. A moins qu'au fond, ce ne soit le contraire. A moins, oui, que nous n'ayons jamais été aussi proches de nous-mêmes que cette nuit-là, acceptant pour un temps les grondements de notre être comme seul souverain.

La décapitation du nègre souleva une vague de folie. Tout le monde savait qu'il n'en restait plus qu'un et chacun voulait être celui qui l'attraperait. A l'instant où le corps du supplicié tomba à mes pieds mollement, comme un sac vide qui vient soupirer au sol, un cri lointain monta des toits de la ville. C'était lui, là-bas, le dernier nègre échappé, qui appelait. Il devait se préparer au combat, invoquer les esprits de son peuple ou nous maudire. C'était lui le dernier nègre, là-bas, qui nous défiait.

Nous cherchâmes partout, scrutant chaque mètre de ces rues obscures où les chats affolés nous faisaient sursauter. Nous fouillâmes chaque cave. Des hommes descendaient dans les souterrains qui allaient jusqu'au port. La lueur de leurs torches faisait danser les flaques d'eau croupissantes. D'autres montaient sur les toits de la ville. Une vraie battue, lente et systématique. Nous ne ménageâmes pas notre peine. Mais rien : pas d'autre bruit que celui de notre propre agitation, pas d'autre silhouette que celles de nos corps qui s'épuisaient à fouiller les entrailles de la ville.

Au petit matin, la plupart des hommes rentrèrent chez eux. Nous, non. Il ne fallait laisser au fugitif aucun répit. Une nouvelle idée était née en moi. Crombec, sur mon ordre, fit descendre dix nègres du navire. A chacun d'entre eux, il passa une épaisse chaîne autour du cou. Nous prîmes chacun le nôtre, comme un chien que l'on va promener, et nous nous dispersâmes dans la ville. Le son des chaînes sur le pavé annonçait à tous notre arrivée. Nous, nous ne faisions que marcher, l'esclave, lui, devait appeler sans cesse le fugitif, lui répéter qu'il valait mieux se rendre, qu'il ne lui serait pas fait de mal, que c'était fini, qu'il ne pourrait pas aller bien loin…

A la fin de la journée, nous étions toujours bredouilles. Les autorités de la ville me convoquèrent. J'essayai de leur démontrer que le fugitif ne pouvait être que mort : il avait dû se terrer dans un coin, les chiens le retrouveraient lorsqu'il se mettrait à sentir. Ils ne me crurent pas et décidèrent d'établir une garde de nuit, pour être certains que le fugitif, s'il vivait, ne puisse pas créer d'incident.

Nous prîmes notre tour de garde pour cette deuxième nuit de traque, comme sur un navire, les uns après les autres, patrouillant mollement sur la place de la cathédrale ou le long des murailles. Nous étions persuadés que tout était fini. Je passai la nuit à laisser défiler en mon esprit les images de la chasse de la veille : tous ces hommes au visage défiguré par tant d'excitation.

Ce fut là, au milieu de cette seconde nuit d'attente, que j'entendis le cri de Kermarec. Près de la porte Saint-Pierre. Il appelait avec force. Je courus dans sa direction, persuadé qu'il allait falloir se battre mais, dès que j'aperçus Kermarec, dès que je le vis, pâle comme un linge, les lèvres entrouvertes, me désignant de la main la porte d'une maison, je sentis que le nègre n'était pas mort et que c'était à son tour de jouer avec nous.

Sur la porte, il y avait un doigt, cloué au bois, un doigt noir, encore saignant, accroché là, comme un porte-malheur. Comment était-ce possible ? Nous restâmes stupéfaits. Les mêmes questions tournaient dans notre esprit sans que nous ayons besoin d'échanger un mot. Pourquoi s'était-il coupé un doigt ? Etait-il armé ? Où avait-il trouvé ce clou ? Que voulait-il ? Pendant longtemps nous restâmes face à cette énigme puis, enfin, nous retrouvâmes nos esprits et prévînmes les autres. Les troupes furent regroupées, les torches rallumées. On refit une battue, puis une autre : rien. Un médecin examina le doigt et fut formel : il s'agissait de l'auriculaire de la main gauche. Le fugitif essayait peut-être de nous faire peur. Il ne fallait pas se laisser impressionner. Mais malgré ce que nous essayions de nous dire pour nous rassurer, chacun de nous était terrifié par ce doigt amputé.

Les jours suivants, la chasse reprit. Les gardes avaient maintenant l'habitude mais rien, sinon le vent, ne vint déranger le calme de nos rues endormies.

Les autorités de la ville finirent par décréter une fouille systématique de tous les souterrains. Nous y passâmes des heures, découvrant des boyaux où nul d'entre nous n'était jamais allé. Nous marchions avec la pénible certitude que cela ne servait à rien et que ce n'était pas ici que nous le trouverions. Le soir, lorsque nous remontâmes bredouilles de notre expédition souterraine, la ville était à nouveau dans une excitation inhabituelle. On venait de retrouver un autre doigt cloué, comme le premier, sur une porte. Un index, d'après le médecin.

Le plus extraordinaire, ce qui fit véritablement frissonner les badauds, c'est que le doigt avait été cloué sur les battants de la porte de l'hôtel particulier de l'armateur. Celui-là même qui avait affrété notre bateau. Comment le nègre avait-il su ? Les rumeurs coururent en tous sens. La panique saisit véritablement la ville lorsque le soir même, la fille de l'armateur – une gamine de huit ans – fut écrasée par une calèche. Personne ne put s'empêcher de faire le lien entre les deux événements. Le doigt avait appelé le malheur. Le ciel, désormais, nous regardait avec menace, parce que nous lui faisions horreur.

Les semaines qui suivirent furent rythmées par les patrouilles de nuit qui ne trouvaient aucune autre âme vivante – dans les rues – que celles de marins ivres ou de chats tentant de se protéger de la pluie. Régulièrement, nous découvrions un nouveau doigt. Des portes étaient maculées de sang. Le nègre, quelque part, continuait de se couper des doigts et de les déposer, çà et là, comme un défi cannibale. Les maisons étaient toujours choisies avec le même à-propos. Celle de la veuve du capitaine. Celle du chef de la capitainerie. Celle du duc. Comme s'il savait qui était qui et où résidait chacun. Comme s'il voulait désigner au ciel la faute de chacun de ces hommes. Il nous maudissait et le doigt de Dieu était sur nous. Chaque fois, ces doigts furent accompagnés d'un malheur : la femme du duc fit une fausse couche, le chef de la capitainerie fut l'objet de violentes crises de fièvre dont personne ne comprenait l'origine. Ces coïncidences firent trembler le peuple et la même question se mit à tourner sur tous les étals de marché : qui serait le prochain ?

Il me semblait, moi, que la ville s'était mise à vivre, et qu'elle avait entrepris de nous perdre. Elle était l'alliée du fugitif et lui offrait son ombre pour qu'il continue à s'y dissimuler. Ce sentiment, depuis, n'a fait que croître. Aujourd'hui, des années plus tard, je sais qu'elle m'épie. Les murs me regardent. Les pavés des rues ricanent à mon passage. Les maisons ont des doigts, des yeux, des bouches qui m'insultent. Elle vit tout autour de nous et je sais qu'elle ne me laissera pas en paix. Tout m'observe et conspire.

Le sixième doigt fut trouvé devant la porte de la résidence de l'archevêque. C'est ce jour-là que nous embarquâmes. L'escale à Saint-Malo n'avait que trop duré. Il fallait poursuivre : aller vendre aux Amériques nos cargaisons de bois d'ébène, revenir les cales pleines de denrées rares et faire couler l'argent à nouveau.

Au fond, je peux l'avouer maintenant : j'ai hâté le départ ce jour-là, car la peur m'avait saisi. J'étais persuadé que je serais le prochain. Je voulais partir au plus vite pour tout laisser derrière moi et que le nègre choisisse d'autres victimes. Qu'il désigne les quatre derniers coupables tandis que je serais sur la mer, avec mes hommes, loin de tout. J'ai fui, comme un lâche, devant ce malheur que j'avais moi-même apporté.

Tout le monde, je crois, fut soulagé de lever l'ancre. Cet arrêt à Saint-Malo nous avait rendus fous. Nous fûmes heureux de reprendre la mer, d'effacer ces nuits de traque et de laisser derrière nous le nègre manchot.

J'ai su bien plus tard ce qui s'était passé après notre départ. Deux semaines après notre embarquement pour l'Amérique, le dixième doigt fut trouvé devant la porte principale de la ville. Etrangement, la découverte de ce dixième doigt soulagea les habitants. L'éparpillement allait cesser. Et effectivement, jour après jour, semaine après semaine, la tension baissa. Il n'y avait plus rien d'étrange à signaler. La ville reprit vie et le commerce ses droits. Le fugitif était peut-être encore là mais on ne s'en souciait plus. Et d'ailleurs comment aurait-il pu être encore là ? Sans manger. Ni boire. Avec ses deux moignons sanguinolents. Non. Le plus probable était qu'il était mort maintenant, ou qu'il s'était évaporé comme une ombre.

Nous naviguâmes pendant des mois. Personne, à bord, ne parla jamais de ces événements, mais nous avions beau nous le cacher les uns aux autres, nous avions beau nous mentir à nous-mêmes, nous étions devenus des vieillards usés que le moindre craquement de bois faisait sursauter.

Je jure que ce que je dis est exact. Et ne vous arrêtez pas à mon état maladif pour juger de mes propos, à la façon dont mes yeux roulent et dont ma voix s'emballe et se casse. Je suis fou aujourd'hui mais je ne l'ai pas toujours été. Je me souviens encore d'un temps où j'étais ce que les femmes de chambre appellent, avec envie, un gaillard. La tête bien posée, l'esprit clair, les mains sûres et le corps vigoureux, un gaillard qui balayait du revers de la main les contes pour bonne femme. La vie s'amuse avec moi. Elle me ronge sans m'engloutir tout à fait. Elle veut me faire durer. C'est un long supplice qui viendrait à bout des plus solides. Je suis fou à lier, oui, mais je n'oublie rien de ce qui m'a fait chavirer et je dis ce qui fut. Si je vous disais que j'ai vu un chat à deux têtes ou une chienne mettre bas un rat, il faudrait me croire car ces choses-là arrivent. Elles sont si étranges qu'elles font perdre la raison à ceux qui en sont témoins mais ils ne les inventent pas parce qu'ils sont fous, ils sont fous de les avoir vues.

La nuit où nous arrivâmes à nouveau dans le port de Saint-Malo, après plusieurs mois d'absence, tout bascula. A peine mîmes-nous pied à terre, heureux de fouler à nouveau le pavé de chez nous, que nous nous dirigeâmes vers un estaminet avec la ferme intention d'étancher notre soif. Nous bûmes, énormément. D'abord en chantant comme des jeunes gens, puis dans un silence de tombe, chacun face à sa pinte, jusqu'à nous assommer d'alcool et n'être plus rien.

Je suis rentré chez moi en m'accrochant aux murs des maisons pour ne pas tomber et en traînant mon sac d'une épaule fatiguée. Lorsque je parvins devant chez moi, je mis du temps à trouver ma clef et ce n'est que lorsque j'essayai de la rentrer dans la serrure que je le vis, là, sur le bois de ma porte : un doigt, à nouveau. Un onzième doigt.

A cet instant, je sentis mon corps se dérober et mon esprit lâcher prise. Cela était impossible. Onze doigts. Aucun nègre ne pouvait avoir onze doigts. Je devenais fou. Onze doigts. Je n'ai pas crié. Je suis resté longtemps assis sur le pavé, les yeux fixés sur la porte. Je n'osais ni m'approcher ni m'enfuir. J'ai mis longtemps à trouver le courage de me relever, de décrocher le doigt, de l'enfouir dans un mouchoir et de rentrer chez moi. Je n'ai jamais rien dit à personne. Je ne sais pas pourquoi. Si j'avais parlé, si j'avais appelé mes voisins et réveillé tout le quartier, peut-être aujourd'hui ne me considérerait-on pas comme un fou ? Mais je ne pouvais pas. J'avais honte. Ce doigt, là, sur ma porte. J'avais honte.

Depuis ce jour, les questions n'ont pas cessé de tourner en mon esprit. Combien allaient suivre encore ? Pendant combien de temps continuerait-il à s'amputer ? Il avait vécu durant tout ce temps. Il avait glané de la nourriture. Il s'était caché de la lumière. Il avait patiemment amputé ses membres et maintenant il continuait et savourait l'effet que cela produisait sur nous. Il avait attendu notre retour. Des mois de silence, jusqu'à ce que nous soyons là, à nouveau. Ce onzième doigt était pour moi. Comment était-ce possible ? A moins qu'ils n'aient la faculté de repousser ? C'était cela. Il devait s'agir d'un monstre. Cela serait sans fin. Il les couperait éternellement pour se rappeler à notre bon souvenir, puis à celui de nos enfants et de nos petits-enfants. Le nègre échappé allait vieillir avec la ville. Dans dix ans, dans cent ans, il serait encore là, riant sur nos tombes et harcelant encore nos lointains descendants.

Je me souviens qu'avant de me relever, cette nuit-là, je me suis agenouillé dans l'eau du caniveau et j'ai pleuré comme un damné. J'étais terrifié. Je ne contrôlais plus mes nerfs. L'idée qu'il était là, quelque part, qu'il me contemplait peut-être, me terrassa.

Depuis cette nuit, je ne suis plus un homme. Je suis une ombre esquintée. J'ai maigri. Je n'ai plus jamais mis le pied sur un navire. Je vis chichement. Je souris. Je tremble. Je me retourne souvent dans la rue. Il me semble l'avoir sans cesse sur mes pas. J'attends le malheur que le doigt m'a annoncé. Mais au fond, il est déjà sur moi et m'a rongé avec délices.

Je ne suis plus l'homme que j'étais. Je ne navigue plus ni ne gagne d'argent. J'attends. Ne riez pas de moi. Je pourrais partir, bien sûr. Tout quitter et mettre le plus de distance entre la ville et moi. Je pourrais essayer d'échapper à son regard, à sa voix. Cette ville me fait horreur. Je sais qu'elle lui appartient désormais, qu'il y règne. Je sais que lorsque le vent, dans les persiennes, m'insulte, c'est parce qu'il lui a demandé de le faire. Je sais que lorsque les pavés me font trébucher, c'est parce qu'il les a déplacés. Mais il m'est impossible de partir. Je ne peux pas. Il faut que j'aille au bout et le fait qu'il ait déjà gagné en me rendant fou, le fait que je ne sois qu'une peau vide et un visage creux qui attend de finir, n'y change rien. Il faut que tout s'achève et que ce soit ici. Alors je continue à vivre. Je courbe le dos en marchant. Je sais que l'on me suit. La pluie me cherche. Les oiseaux se moquent de moi. Ne riez pas. Ne croyez pas non plus que je me repente. Rien ne me lavera de mes fautes. Je ne demande aucune rédemption. Je suis laid, je le sais. Les hurlements que les nègres poussaient en voyant disparaître l'île de Gorée me reviennent en mémoire. J'ai peur. Je grelotte. Je me demande combien de temps cela durera. Je vis avec la terreur d'apercevoir un nouveau doigt. Je sais qu'il y en aura encore. Jusqu'à la fin. Je sais. En attendant, la mort ne vient pas. Elle me laisse à mon supplice. Je me demande chaque jour combien de temps cela durera. Je vieillis. De jour en jour, de saison en saison, d'année en année, je vieillis. Atrocement.

Juin-octobre 2006
(Peschici-Paris)

GRAMERCY PARK HOTEL

*Aux amis de ma génération qui
n'ont pas voulu vivre plus loin.*

*A Hubert Gignoux qui a su faire de
la vieillesse un âge de la curiosité.*

Il descend les escaliers avec précaution, pas à pas, ménageant ses forces, évaluant le chemin qu'il lui reste à parcourir. Les ampoules du couloir sont cassées. Les lumières de l'extérieur, seules, éclairent la cage d'escalier, en faisant scintiller les marches de reflets de couleur.

Sa main de vieille femme s'agrippe à la rampe. Il s'arrête toutes les cinq ou six marches pour relever la tête, voir où il en est et reprendre son souffle. Ses jambes semblent à peine pouvoir le soutenir. Plongé dans le silence de la cage d'escalier, il entend parfois des bribes de conversations provenant des appartements adjacents : un bébé qui hurle, des convives en plein dîner, le vacarme d'une télévision. Derrière ces bruits familiers, il perçoit une rumeur sourde faite du fleuve des voitures et du pas mélangé des passants. C'est vers cela qu'il descend. Il a hâte d'y être. Alors seulement, il pourra relâcher son attention et allumer la cigarette qui pend à ses lèvres. Il a hâte. Mais pour l'heure, il doit se concentrer. Ne pas se presser, ne pas hâter son pas, ne pas risquer la chute. Son vieux corps ne s'en remettrait pas.

Il ne fait pas beau dehors. Et la journée touche à sa fin. Peu importe. L'obscurité ne tombe jamais tout à fait sur New York et il aime plus que tout, lui, la caresse des néons sur son visage.

Il pleut quelques gouttes et le trottoir est parsemé de pauvres flaques sans profondeur. Il sourit car il a pensé à mettre son imperméable. Il sourit car il aime bien, lui, ce petit martèlement irrégulier qui lui baigne le visage.

La rue est vide, plus vide, bien entendu, qu'il ne l'avait espéré. A cause de la pluie probablement. Il fouille dans sa poche, en sort un petit briquet, allume la cigarette qui pend à ses lèvres et sourit. Il retrouve cette rue qu'il aime tant, sur laquelle il a tant écrit. Il retrouve cette rue qu'il a si souvent observée, assis sur un banc public, laissant défiler les heures et les mendiants.

Un homme est là devant lui auquel il vient de se cogner. Il marchait en regardant ses pieds. Il lève la tête maintenant et sourit comme pour s'excuser. Il met du temps à comprendre que l'homme lui parle. Il met du temps à voir que deux autres hommes sont derrière et qu'eux non plus ne bougent pas, n'avancent plus, semblent attendre, là, sous la pluie, quelque chose qu'ils veulent et qui ne vient pas. Petit à petit, il comprend que c'est à lui que l'on s'adresse. Il comprend que ce mot, "pépé", est le nom qu'ils lui donnent. Ce qu'ils veulent, il ne le sait pas. Il s'excuse et s'apprête à se frayer un chemin entre leurs corps immobiles mais une main se pose sur lui, jeune, nerveuse, une main qui l'agrippe par l'imperméable et l'empêche de faire un pas. Alors seulement il regarde le visage des trois hommes. Ils sont jeunes. Des enfants sauvages qui s'échangent des petits rires et tournent autour de lui en le frôlant de si près qu'il peut sentir à quel point leurs corps sont forts et affamés.

L'homme dont la main est posée sur son imperméable continue de lui parler. Il fait attention aux phrases maintenant car il comprend que se joue là quelque chose de grave et qu'il doit se concentrer. Il ne sourit plus. Il regarde les yeux de son interlocuteur. Visage jeune, sourire arrogant, il répète ce mot, "pépé". Il lui demande où il va comme ça et s'il ne pourrait pas le dépanner lui et ses deux copains parce qu'ils ont froid et qu'ils aimeraient bien avoir de quoi entrer dans un bar et se payer à manger. Il dit que ce n'est pas sérieux, à un âge pareil, de sortir tout seul, dans la rue. Il est presque gentil, prévenant. Avec sa main de fauve, il lui tapote gentiment l'épaule. Il lui explique maintenant que lorsque trois types comme eux rencontrent un type comme lui, il arrive ce qui doit arriver. Il s'excuse presque en lançant à ses acolytes des petits regards de connivence. Et puis tout d'un coup, il reparle de la pluie et se met à s'énerver, disant qu'il n'est pas là pour discuter, qu'il est trempé et que le mieux serait de lui faciliter la tâche.

Une main alors se glisse sous son imperméable. Celle qui le tient à l'épaule resserre son étreinte. Instinctivement, il se raidit et fait un petit pas de côté. Une douleur soudaine au ventre lui coupe le souffle. La main qui le tenait à l'épaule lâche prise, s'écarte et revient d'un seul coup pour le frapper au visage. Ses yeux se ferment. Il sent la douleur lui monter au cerveau. Il se raidit. Ses oreilles bourdonnent. Il vacille. Il sent obscurément qu'on le frappe à nouveau mais il ne saurait dire où. Il doit être à terre maintenant. Il ne tente aucun effort. Il entend encore quelques insultes. Peut-être le frappe-t-on encore, mais il n'en est pas sûr. Il a froid. Il sent que sa tête est renversée dans le caniveau et que la pluie lui baigne les cheveux. Il sent qu'il faudrait qu'il soulève sa tête et la pose ailleurs, mais il n'en a pas la force. Il pense qu'il n'aurait jamais pu prévoir que sa journée allait finir ainsi, bousculé par trois gamins, laissé pour mort, là, dans sa propre rue. Il trouve tout cela ridicule.

Une main le saisit. Il voudrait ouvrir les yeux mais il ne le peut pas. Il pense que les trois gamins sont revenus, qu'ils veulent peut-être s'excuser, l'aider à se relever. Il ne sent plus l'eau froide de la pluie couler sur sa nuque. Il lui semble même qu'il fait chaud maintenant. Il est presque bien. Il entend des voix qui l'appellent. On ne dit plus "pépé" mais "monsieur". On lui dit de ne pas s'inquiéter. Qu'on s'occupe de lui. Une voix de femme lui demande son nom à plusieurs reprises. Il ne répond pas. Il pense qu'il est fatigué, qu'il faut qu'on le laisse tranquille, que tout cela va cesser. Mais la voix insiste. Des mains fouillent ses poches. La voix pose des questions. Elle explique qu'elle a sous les yeux une carte d'identité, sur laquelle il est écrit qu'il s'appelle "Moshe S. Cravicz". Elle lui demande si c'est bien là son nom. Il sourit en son esprit. Il voudrait répondre que oui. Il essaie mais ses lèvres ne lui obéissent plus. Il est fatigué. Il sent un épuisement lourd envahir son corps. Il entend encore la voix de la femme qui lui explique qu'il est dans une ambulance et qu'on va l'emmener à l'hôpital. Il voudrait s'excuser, dire que ce n'est pas la peine, que tout cela est ridicule. Il voudrait demander qu'on le ramène chez lui, mais il sent qu'un sommeil est là auquel il ne peut se soustraire, un sommeil des muscles contre lequel il ne peut rien, comme un coma de l'esprit dans lequel il plonge avec, au fond de lui, un peu de réticence et de tristesse.

Du temps a dû passer. Une heure. Peut-être davantage. Il lui semble n'avoir pas parlé pendant plusieurs années et lorsqu'il ouvre la bouche pour répondre à la question d'une femme qui s'est penchée sur lui, il constate avec surprise que les mots sont difficiles, que cette voix qu'il entend et qui est la sienne, il la reconnaît à peine tant elle est lointaine et fatiguée. La femme l'a interrogé sur son nom. Elle a dit : "Moshe S. Cravicz ? C'est bien ça votre nom ?" Il a voulu répondre. Il s'est concentré. Mais tout ce qu'il a pu dire du bout des lèvres, de toutes ses forces, c'est "Mo'". La femme s'est levée. Elle a dit qu'il avait eu de la chance. Que ce n'était rien. Impressionnant, bien sûr, mais pas grave. Elle dit qu'il va pouvoir rentrer chez lui, en taxi, accompagné d'une infirmière. Que ce sera mieux ainsi. Et que tout va aller très bien. Qu'il ne faut pas se faire de soucis. Plus de soucis du tout.

Il a dormi pendant le trajet du retour. L'infirmière l'a réveillé lorsqu'ils sont arrivés en bas de chez lui. Elle l'a aidé à sortir de la voiture et à monter précautionneusement les escaliers.

Elle ouvre maintenant la porte d'entrée de son appartement, cherche en tâtonnant un interrupteur. Lorsque la lumière se fait, il plisse les yeux et reste, un temps, aveuglé par la violence de la lumière électrique. Elle se dépêche d'entrer, ouvre une fenêtre, branche la télévision. Elle revient le chercher. Il est toujours sur le pas de la porte. Elle rit de le voir ainsi, bras ballants, timide sur le seuil de son propre appartement. Elle le prend par la main et lui répète qu'il est chez lui. Elle l'assoit dans le grand canapé, en face de la télévision. Il se laisse tomber. Elle parle encore, court à droite, à gauche, écrit le numéro de l'hôpital à côté du téléphone, fait le lit dans la chambre d'à côté, puis elle revient lui dire au revoir et claque la porte d'entrée.

Il fait nuit dehors. La fenêtre est ouverte. Il entend les bruits de conversations des appartements d'à côté. Il a laissé la télévision allumée mais ne la regarde pas. Il observe les murs qui l'entourent, la table sur laquelle sont jetées des affaires de toutes sortes. Il y a des livres partout. Un nom est là, sur ses lèvres. Un nom qu'il ne cesse de répéter : "Ella… Ella…" Il se met à pleurer.

Lentement, il se lève de son fauteuil et va chercher son vieil imperméable. Il claque derrière lui la porte d'entrée et commence avec prudence la descente de l'escalier. Après quelques instants d'attente sur le trottoir, un taxi s'arrête à son niveau. Le chauffeur baisse sa vitre. Il dit : "Gramercy Park Hotel." Le chauffeur acquiesce et l'invite à monter. Il s'assoit à l'arrière et pose son front contre la vitre, avec une sorte de quiétude et de soulagement.

Dans la nuit agitée de la ville, le taxi file, rapide et discret. Il parcourt les avenues, se mêle au flot, dépasse le grand peuple d'insomniaques et les buildings immobiles. La ville est là tout entière. Des jeunes gens se pressent devant les portes des cafés. Des mendiants lèvent les yeux au ciel pour demander une cigarette. La ville est là qui ne dort pas. Elle se tord, comme chaque soir, d'un trop-plein d'électricité. On dirait une femme qui s'agite dans un bain de néon et de publicité. Le taxi glisse sur elle. A l'arrière de la voiture, derrière les vitres, deux yeux l'observent, avec avidité.

"Elle est là, ta ville, toute d'asphalte et de lumière. Regarde-la, elle ne dort pas, elle scintille d'insomnie. Toute ma vie est là. J'ai des souvenirs à chaque carrefour. Union Square. Je me souviens. Nous étions des traîtres, des pédés, des bolcheviks. Il faisait froid à New York. L'Amérique s'armait contre le froid. Remparts de couvertures. Palissade de dollars. L'Amérique se réchauffait autour d'un champignon atomique. Traîtres. Drogués. Je m'efforçais de rester nuisible.

J'indisposais mes concitoyens. Je grimaçais. J'aimais ce pays qui me détestait. Et mon père qui ne comprenait pas. Je me souviens encore exactement de la façon dont il m'avait demandé le lendemain d'une de nos manifestations : «Est-ce que c'est vrai, Moshe ?» en brandissant le journal. «Est-ce que c'est vrai, Moshe, ce qui est écrit ici ?» Je ne répondais pas. Je repensais aux cris, aux chiens qui nous avaient mordus aux mollets, aux coups de matraque. «L'Amérique nous a recueillis, n'oublie jamais ça. L'Amérique nous a sauvés et toi, tu lui craches au visage ?» Je ne réponds rien. J'ai mal à la pommette. L'Amérique m'a frappé alors que j'étais à terre."

Le taxi s'est arrêté à un feu. Le vieil homme regarde plus attentivement autour de lui. Il reconnaît la rue et comprend qu'ils sont bientôt arrivés. "Pouvez-vous faire encore un tour ?" Le chauffeur le regarde avec surprise. "C'est juste là, monsieur. – Je sais, répond-il. Mais j'aimerais beaucoup tourner encore un peu. – Oui, monsieur." La voiture repart et glisse à nouveau dans les rues. Il sourit. Il a besoin de temps pour laisser ses souvenirs remonter.

"L'appartement de la 21e. Quel âge avais-je ? Je ne sais plus. Un enfant. Ma tête dépasse à peine de la table de la cuisine. Ma mère pleure. Elle a reçu une lettre. Une lettre de là-bas. Mon père me prend à part et m'explique à voix basse. «Ta tante Rosa est morte.» Je n'ai pas de tante Rosa. Aucun souvenir d'une tante Rosa. Je vois ma mère pleurer dans une langue que je ne comprends pas. Le repas n'est pas prêt. Nous ne mangerons pas ce soir."

Le taxi, après un tour, est à nouveau devant l'hôtel. Le chauffeur a coupé le moteur.

Il paie, sort de la voiture et contemple la façade de l'hôtel. C'est une vieille bâtisse. Le groom lui ouvre la porte. "Bonsoir, monsieur." Il lui a dit cela avec un gentil sourire. Est-il possible qu'il l'ait reconnu ? Non. Impossible.

Un essaim de touristes est agglutiné devant la réception et finit les dernières modalités d'enregistrement. Ils s'ébrouent et disparaissent. Reste, sur de petits chariots, une montagne de valises qui attendent d'être montées. Il regarde autour de lui et retrouve le Gramercy Park Hotel. Derrière le haut meuble de bois de la réception, des employés s'agitent, rangent des clefs, sourient, échangent des passeports et comptent des billets. Tout le monde s'affaire dans une agitation fébrile, tout n'est que sonneries de téléphone et ronrons de fax.

Il s'approche des guichets, demande, doucement, une chambre pour la nuit. L'employé, qui n'a pas fait attention, lui demande combien de temps il restera. Il répète. Une nuit. "Des bagages, monsieur ?" Non. Pas de bagages. "Carte de crédit ou espèces ?" Il tend un billet, on lui tend une clef. Il pénètre dans le grand salon vide, marche lentement, jouant du bout des doigts avec son trousseau. Mais il ne va pas jusqu'aux portes des ascenseurs. Entre les cabines téléphoniques et les ascenseurs, il s'assoit dans un gros fauteuil de cuir qui pousse, sous son poids, un soupir d'aise et de gratitude.

A gauche en entrant, lorsqu'on laisse derrière soi la réception, s'ouvre une vaste salle aux dimensions infinies. Tout y est calme et reculé. Sur un côté, il y a une petite boutique qui vend des boissons, des chewing-gums, des barres chocolatées et quelques cartes postales. La salle se prolonge dans un silence glacé. Par-ci, par-là, de lourds fauteuils en cuir s'étalent nonchalamment. C'est là qu'il est assis. Tout au fond de la pièce se trouvent les ascenseurs qui montent aux chambres. En traversant cette pièce, on se rend compte de l'âge de l'hôtel. Il y règne un calme de retraité. On y parle à voix basse. Rien n'y est tout à fait délabré mais tout y est déjà un peu usé. C'est là aussi, tout au bout de ce grand hall feutré, dans un petit renfoncement, que se trouvent quatre cabines téléphoniques.

Pour monter aux étages, il faut traverser cette grande pièce silencieuse. Rares sont ceux qui s'y arrêtent. On ne fait qu'y passer. Quelques-uns, parfois, viennent pour téléphoner, mais leurs voix résonnent dans tout le salon et cela intimide les plus timorés.

Il regarde devant lui. Des hommes et des femmes ne cessent d'aller et venir. Ils montent et descendent, les uns fatigués d'avoir marché, les autres impatients d'arpenter la ville et de découvrir sa fièvre.

Lui, reste là. Il est bien. Il sourit de loin. Une paix nouvelle semble l'habiter.

Un homme s'approche de lui et lui demande poliment s'il veut boire quelque chose. Il met du temps à répondre mais finit par commander un jus d'oranges pressées.

L'homme revient, pose sur la petite table le jus d'orange et lui demande sur quelle chambre il doit mettre la note. Il ne répond pas et lui tend un billet.

Des gens viennent téléphoner. A quelques mètres du fauteuil où il est assis. Il entend les bribes de conversations, mais cela ne le dérange pas. De ces vieilles cabines téléphoniques, des hommes et des femmes essaient de joindre leurs proches, dans le monde entier. Bientôt il n'y prête plus attention. Il est plongé dans ses pensées.

Ella. Tu portes une petite robe bleue. A bretelles. Il fait chaud. Tu as mis du rouge à lèvres. Tu relèves la tête. Tu me souris. Tu prends ton temps. J'attends avec inquiétude ton verdict. C'est la première fois que je te fais lire ce que j'écris. "Tu es un grand poète, Mo'. Un grand poète. Ils vont trembler en te lisant."
Si tu savais, Ella. J'ai écrit depuis, plusieurs livres. Des années d'écriture et personne n'a tremblé, tu sais, personne d'autre que moi, dans la solitude de mes nuits. Ella. J'ai l'impression que cela fait trente ans que je n'avais pas pensé à toi. Comment est-ce possible ? Trente ans d'oubli. Tu es fâchée ? Bien sûr que tu es fâchée. Je n'ai pas prononcé ton nom depuis si longtemps. Ella. Ella. Ne sois plus fâchée.

"Oui. C'est moi. Oui. Je suis arrivé. Oui, oui, c'est bien. Alors quand est-ce que tu viens ? Tu ne peux pas plus tôt ? Oui, je t'en prie. OK. Chambre 256. Je t'attends."

J'y suis. Tu vois, j'ai tenu parole. Tu les entends, à côté. Ils se téléphonent, se donnent des rendez-vous, se renversent sur des lits. Comme nous, Ella. Tu les entends. J'aimerais qu'ils fassent l'amour dans les cinq cents chambres en même temps. Quel foutoir ce serait ! Cinq cents étreintes simultanées. Tu ne pourrais pas ne pas les entendre. On aurait dû faire ça, Ella. Il y a tant de choses qu'on aurait dû faire autrefois. J'ai mal à la tête. Je n'ai plus la force que j'avais. Est-ce que tu me reconnaîtrais, Ella ? Je ne sais pas. Tu t'es arrêtée de vieillir, toi, figée à jamais dans ton visage de trente ans. Je meurs chaque jour, moi. La peau se détend, les muscles s'usent, je me courbe doucement. J'entends moins, je me répète souvent. Est-ce que tu me reconnaîtrais ? Tu as bien fait de mourir, Ella. Je préfère que tu ne voies pas cela : ton cher Mo' tout usé qui ne peut plus ni trop rire, ni trop danser. Je m'imagine parfois que tu reviens. Tu es telle que tu fus lorsque tu es morte. Trente ans, à peine. Pleine de vie et d'allant. Trente ans et tu traverses ce hall sinistre où je me tiens prostré. Est-ce que tu me verrais seulement ? Tu me dépasserais peut-être sans même me voir, comme tous ceux-là. Est-ce que quelque chose t'arrêterait, quelque chose dans le regard qui pourrait ne pas avoir vieilli ?

Tu vois, je suis revenu. Cela m'a pris du temps. Qu'est-ce que j'ai fait pendant toutes ces années ? Je ne sais pas. Je n'ai pas beaucoup vécu, Ella. J'attendais, je crois. Trente ans sans revenir ici une seule fois. Trente ans sans avoir remis les pieds une seule fois dans notre ancien quartier. Tu devrais m'en vouloir car vraiment je crois que j'ai tout fait pour oublier. J'ai tant de choses à te dire. Tu sais, les gens sont jeunes ici. Ils passent sans même me voir. Je les épie discrètement. Tout continue, Ella. Les amants. Les hommes d'affaires. Les employés, les étrangers. Ils sont tous jeunes. Et la ville aussi. Je l'ai vue tout à l'heure, par la vitre du taxi. Les affiches ont changé. Le nom des marques. La couleur des publicités. Il y a plus de lumière. Tout a grandi. Tout est plus vif et plus nerveux qu'autrefois. Cela te plairait, Ella. Combien de fois t'es-tu fâchée parce que je pleurais sur un café qui avait disparu, sur un trottoir qui avait été refait, sur un jardin réaménagé ? Tu disais que si je voulais pleurer sur les vieilles pierres, ce n'était pas à New York que je devais vivre. Tu disais que je ferais mieux de me trouver un petit patelin paumé au fond de l'Arkansas ou du Nouveau-Mexique, où rien ne change, où on crève dans les mêmes décors que ses grands-parents. Tu avais raison. Tu serais heureuse de voir combien tout a changé. Tout s'est accéléré. C'est une ville qui ne vieillit pas. C'est ça, sûrement, qui m'a fait oublier.

Tu sais, les trois gamins qui m'ont renversé, j'ai pensé, un instant, leur courir après. J'étais tombé dans le caniveau, je perdais du sang, tout mon corps tremblait, et je me suis dit : "Allez, Mo', lève-toi, rattrape-les, bats-toi." Je n'ai pas compris tout de suite que j'étais brisé. Il leur a suffi d'une petite gifle pour me faire tomber. Je suis devenu plus léger qu'un enfant et plus encombrant qu'un handicapé. J'avais oublié, Ella, que le temps ronge les muscles. Je ne me croyais pas si vieux. Je suis une montagne prête à s'effondrer. Mais tu vois, j'ai eu la force de revenir. Il a fallu que les gamins me frappent pour que tout remonte à ma mémoire. C'est eux, finalement, qui m'ont guidé jusqu'ici. Il a fallu qu'ils frappent fort sur mon vieux crâne pour en secouer la poussière.

"Allô, maman ? Oui. Ça y est. Oui, un peu fatigant, mais ça va. Oui, génial. On est sorti jeter un coup d'œil. C'est super, c'est haut, c'est grand, ça bouge dans tous les sens. Oui, je te raconterai. Bisous."

Je les entends derrière moi. Tout le monde se donne des nouvelles. Ils appellent. Ils parlent fort dans le combiné. Je les entends tous. Tout le monde est bien arrivé. Tout le monde est un peu fatigué par le voyage, mais content. Dans toutes les langues du monde. Je les entends tous.

Ce petit rouquin qui passe, là, celui qui vient de téléphoner à l'étranger, qui a parlé une langue que je n'ai pas comprise, c'est étrange comme il ressemble à Sean.

Je me souviens de Sean. Il est mort d'ennui, sous un métro, sans commentaire ni lettre posthume. Et toute sa famille est venue me voir pour me demander si je pouvais expliquer ce geste, si je savais quelque chose, s'il m'avait fait part de son projet. Et plus tard toute sa famille est revenue me voir en m'insultant, me disant que c'était parce qu'il fréquentait des types comme moi que Sean était mort. Je me souviens. Ils ont employé le mot "dégénéré". Est-ce que je sais, moi, de quoi est mort Sean ? Le bon Sean. Il marchait dans les rues avec un parapluie ouvert. Il faisait chaud. Le soleil brillait. Lorsqu'on lui demandait pourquoi il avait ce parapluie, il répondait que c'était parce qu'il pleuvait à Bombay. Sean et ses soirées poétiques. Il nous accueillait tous. Il nous versait à boire, nous faisait manger et chacun lisait ses derniers écrits. Des poèmes contre une ration de pommes de terre. C'était la règle sous le toit de Sean. "Rien écrit, rien à manger." Il écoutait chacun de nous avec avidité. Nous autres, les goinfres, une fois qu'on avait lu nos poèmes, on ne pensait qu'à bâfrer. Personne n'écoutait plus personne. Il n'y a que Sean qui restait attentif, tendu et souriant. Il n'a pas écrit une seule ligne, Sean, et c'est peut-être ça qui l'a tué. C'est à une de ces soirées que je t'ai rencontrée, Ella. Tu te souviens ? Oui. Bien sûr, tu te souviens. Tu étais venue avec Greg. Nous sommes sortis tous les trois de chez Sean. Nous sommes allés prendre quelques clichés de nuit. Je t'ai embrassée. Tu te souviens, Ella ?

Est-ce que c'est Sean qui vient me rendre visite ? Pourquoi a-t-il sauté ? Qu'est-ce que je pouvais dire à sa famille ? Que leur petit Sean était mort parce qu'il n'arrivait pas à écrire de poèmes, parce qu'il ne dansait pas comme nous et rougissait, souvent, lorsqu'on lui tendait la main. Est-ce qu'on peut mourir de cela ? Ils m'ont dit que j'étais responsable. Tu te souviens, Ella ? Ils ont dit "seul responsable". Est-ce qu'ils avaient raison ? Et si Sean n'avait pas les épaules assez larges pour nos jeux d'aliénés ? Si nous l'avions emmené sur une pente trop glissante pour lui ? Est-ce que ce n'est pas pour cela qu'il nous faisait rire, Sean, avec ses yeux écarquillés ? Il trouvait tout si beau, si original. Il nous admirait et nous le faisions boire sans nous soucier de ses désirs. Est-ce qu'il n'est pas mort de nous avoir suivis ? Et toi, est-ce que ce n'est pas comme cela aussi que je t'ai tuée ?

Regarde-le, celui-là, le petit rouquin qui disparaît. Personne ne le tire là où il ne veut pas aller. Personne ne l'entraîne au-delà de ses forces. Il vivra longtemps la vie qu'il doit mener. J'ai présumé souvent de la force de mes compagnons. De la tienne aussi, Ella. Est-ce que ce n'est pas cela que tu me reprochais ? "Vas-y, va retrouver ta bande d'insomniaques !" Tu pleurais, et j'y allais. Il ne faut pas m'en vouloir. Repense à notre vie, dans ce minuscule appartement où nous faisions des économies d'électricité. Je te tenais serrée dans mes bras. Nous dormions en pull et en chaussettes. Tu riais en disant qu'il n'y avait que chez nous que les invités, en entrant, mettaient des gants et un bonnet. Oui, nous avons eu froid et cela nous a usés.

Je te demande pardon, Sean, de t'avoir exposé à une peur que tu ne pouvais pas supporter. Je te demande pardon pour la vie de petit employé que tu n'as pas osé mener de crainte que nous nous moquions de toi. Tu avais raison d'avoir peur, nous nous serions moqués de toi. Mais cela n'aurait pas dû t'arrêter. Nous n'étions que des imbéciles, Sean. Je te demande pardon pour toutes ces heures que j'ai passées à manger tes rations de pommes de terre sans prendre un instant pour te regarder. C'est chez toi que je l'ai rencontrée et je ne t'ai jamais remercié. Tu as sauté trop vite, Sean. Je te demande pardon de n'avoir pas réussi à pleurer sur ta tombe. Je voudrais juste te dire que je me souviens de toi. Tu n'aurais pas dû sauter. Tu aurais dû nous chasser de chez toi. Tu n'avais à rougir de rien. Tu aurais fait un homme honnête, Sean. Pourquoi est-ce que tu pars ainsi, sans te retourner ? Est-ce que tu ne m'as pas reconnu ? C'est bien comme ça. C'est juste. Ne te retourne pas. Je te demande pardon. Ce n'est peut-être qu'aujourd'hui que je suis triste. Qu'as-tu fait, Sean ? Tu nous imaginais plus grands que nous n'étions. Tu voyais en nous des génies, nous n'étions que de pauvres gamins. Aujourd'hui, je t'enterre vraiment. Aujourd'hui je pleure sur ce que fut ta vie. Et sur ton nom, Sean, je jette une poignée de terre de ma mémoire retrouvée.

Un homme crie à la réception. Ses hurlements s'entendent jusque dans le salon. Il dit qu'il avait demandé une chambre non-fumeurs, qu'il avait pris la peine de préciser, que sa chambre pue la cigarette froide, que c'est inadmissible. Il dit qu'il se fout que l'hôtel soit complet, qu'il veut une autre chambre. Il demande s'il doit dormir sur la banquette de la réception. Il répète sans cesse : "C'est inadmissible, inadmissible."

Tu sais, je voulais revoir les rues et les cafés. Une dernière fois. Je voulais pouvoir t'en parler. Te dire ce qu'ils ont détruit, ce qu'ils ont gardé. Te dire les gens qui y sont maintenant. S'il est là-bas des amants qui ressemblent à ce que nous avons été. Revoir ces quartiers où j'allais avec Greg, dans nos longues nuits d'insomnie. Tu disais que cela ne te plaisait pas. Tu disais que je ferais mieux de rester à ma machine à écrire pour travailler. C'est pourtant là que j'ai trouvé mes plus belles inspirations. Greg prenait les photos, et moi, j'écrivais un texte pour chacune d'entre elles. Il ne travaillait que de nuit. Nous avons arpenté beaucoup de rues, fréquenté beaucoup de bars, parlé à beaucoup d'inconnus. Je devais lier connaissance, pendant que Greg, lui, photographiait. Ce que j'ai aimé vivre dans cette ville, la nuit. Tu te souviens ? Même toi, tu as été stupéfiée par les premiers clichés. Les galeries se les sont arrachés. Greg était lancé. Nous avons fait de plus en plus de virées, explorant de nouveaux quartiers, harponnant de nouveaux visages. Tu gémissais seule, pliée en deux sur ton lit, les mains nouées, mais je ne t'entendais pas. Les bruits de la ville couvraient ta voix. J'arpentais le bitume avec ivresse. Comme j'ai été heureux ces nuits-là. C'était comme si toute l'électricité de la ville coulait dans mes bras. Je pensais vite, j'écrivais vite. Je n'étais jamais fatigué. Je ne dormais plus. Je devenais effréné. Comme j'ai été heureux et lâche ces nuits-là. Tu te consumais de froid et je ne le voyais pas. Le matin, nous nous croisions, pour le café. C'était l'époque où tu travaillais à la mairie. Lorsque tu te levais, j'allais me coucher. Tu donnais des cours d'anglais aux immigrés. Tu étais patiente. Tu ne criais jamais. Tu répétais inlassablement, à toutes ces vieilles femmes déboussolées, à tous ces grands-pères ou ces gamins paumés, tu répétais, en articulant chaque syllabe, ces précieux mots d'anglais qu'ils avaient hâte de comprendre. Tu travaillais dur. Je ne dormais pas. J'écrivais des textes que tu relisais après moi. Tu as été courageuse, Ella, et pas moi.

C'est inadmissible, inadmissible. L'odeur de cigarette froide, jusque dans les draps du lit. Il continue à crier. Il dit qu'il est asthmatique et qu'il peut en crever.

Je me souviens de cette première nuit de cris et de pleurs. J'étais rentré tard. Je t'ai trouvée sur le palier de la porte, affaissée par terre. Tu t'étais endormie. Je t'ai réveillée. Je croyais que tu avais oublié tes clefs. Tu m'as souri tristement et tu m'as dit qu'il n'y avait personne à l'intérieur, que tu étais restée dehors parce que tu ne voulais pas entrer dans un appartement vide. Que tu préférais attendre comme ça. Et puis tu t'es mise à pleurer. Tu as dit mon nom plusieurs fois, tu m'as regardé et tu as ajouté que ce n'était pas ça que tu voulais, que ce n'était pas à cela que tu avais rêvé. Nous nous sommes disputés. Tu t'en souviens ? Les murs, là-bas, doivent avoir gardé la trace des objets que nous y avons brisés. C'est cette nuit-là que j'aurais dû comprendre. Cette nuit-là que j'aurais dû t'emmener. Nous n'avions pas d'argent. J'ai cru que c'étaient les difficultés normales par lesquelles il nous fallait passer, que c'était le prix à payer pour cette vie que nous voulions mener. Je n'ai pas compris que nous mourions doucement, que tu t'accrochais à moi pour ne pas te noyer, que tu ne pleurais pas de rage mais d'épuisement. Je t'ai dit d'être patiente. Je t'ai parlé de mes plans et une nouvelle fois tu t'es laissé bercer par mes paroles d'enfant.

Ce jour-là, je suis rentré plus tôt. Tu m'attendais sur le trottoir. Tu faisais les cent pas devant la porte de l'immeuble. Quand tu m'as vu arriver, tu as souri de tout ton corps. Je t'ai demandé ce qu'il se passait, ce que tu faisais dehors. Tu n'as rien répondu. Tu m'as serré dans tes bras et j'ai senti que tu pleurais. Je n'oublierai jamais cette étreinte baignée de pleurs et de sourires. Tu m'as murmuré à l'oreille que ça y était, que la maison d'édition venait d'appeler, qu'ils avaient lu mes poèmes et voulaient les publier. Le bonheur de cet instant, Ella, le temps ne peut pas nous l'enlever. Je me souviens du rire nerveux qui a couru dans mes veines, de cette coulée d'adrénaline qui a réchauffé mes muscles. Je me souviens de tous ces baisers échangés dans l'incrédulité et la précipitation. Je te demandais de répéter chacun de leurs mots, et tu me les répétais. Je te bénissais de joie. Tout était possible, Ella. Le froid et la fatigue allaient cesser. La vie que je voulais, la vie que je t'avais promise, celle à laquelle nous avions rêvé pendant toutes ces nuits d'été, serrés l'un contre l'autre sur notre petit balcon, incapables de dormir à cause de la chaleur, incapables de dormir à cause de notre excitation, cette vie-là pouvait commencer. Tu te souviens, Ella ? Il n'est pas possible que tu aies oublié. Où que tu sois maintenant, il n'est pas possible que ton ombre ne tressaille pas, parfois, du souvenir de cette journée.

Il fallait quelque chose de grand. Une fête immense pour te dire ma reconnaissance. Je t'ai dit de t'habiller, de mettre la plus belle de tes robes, de te maquiller. Et je t'ai emmenée, en taxi, au Gramercy Park Hotel.

J'avais rêvé, souvent, à cet hôtel. Je ne sais pas pourquoi. Quelque chose de désuet et d'imposant, comme un peu de gloire passée qui semblait coller encore aux murs.

Tu te serrais contre mon bras. Lorsque le portier nous a ouvert et s'est effacé pour nous laisser passer, tu as serré plus fort encore, et tu m'as dit que tu m'aimais. C'était comme d'entrer dans un lieu saint. Il n'y avait pas d'orgue, pas de famille ni d'amis, nous étions seuls, mais c'était comme une cérémonie. Ce jour-là, à l'instant où nous sommes entrés, je t'ai épousée d'un serment secret. Dans cette cathédrale feutrée où des grooms diligents s'agitaient en tous sens, dans cette église du monde moderne, nous nous sommes mariés, sans apprêt ni prière, avec, simplement, le regard partagé des amants qui se désirent et se taisent. Une nuit de beauté. Nous avons mangé dans notre chambre. C'était une pièce vétuste. Le téléviseur était suranné, l'air conditionné faisait un bruit effrayant, mais la chambre était immense.

Le lit aussi. Nous avons fait l'amour. Les cris poussés dans ces draps furent les plus beaux cris de ma vie. Tu as dansé sur le lit, à moitié nue, à moitié ivre. Je t'ai regardée longtemps. J'étais heureux. Tu le savais. Cette nuit est la nuit gagnée de notre vie. La seule, au fond, que nous ayons sauvée. Mais elle est là, dans mon corps, sur mes lèvres, au bout de mes doigts. Elle est là. Nous avions décidé de ne pas dormir. Tu me parlais de ce que tu voulais faire. Tu parlais d'un nouvel appartement, des enfants que tu voulais. Je te caressais les seins, tu me caressais la main. Au petit matin, nous nous sommes endormis. Tes rêves, alors, ont dû avoir la douce splendeur du sommeil des vainqueurs. La nuit du Gramercy, nous l'avons bue jusqu'à la dernière goutte.

Pour cette nuit-là seulement, Ella, je dis que j'ai été heureux. Heureux, oui. Il y a longtemps.

Je voudrais que cette nuit-là rachète ta maigreur, tes rides et les jours de pleurs. Je suis vieux, Ella, mais je n'ai pas oublié. Je te dis que cette nuit fut celle de ma vie et qu'à l'instant de mourir, je me souviendrai de la seconde où nous sommes entrés dans le hall, cette seconde où tu m'as serré plus fort, où nous étions des rois et où, dans le secret de cet hôtel feutré, je t'ai épousée.

"Allô ? Oui. Bonsoir. Je téléphone pour réserver six places pour ce soir. Deuxième set. Birns. B.I.R.N.S. 22 h 30 ? OK. Merci."

Des hommes continuent à danser. Dimitri n'est plus là, pourtant. Ils continuent sans lui. Il n'y avait pas un concert où il n'était. Comparés à lui, nous étions tous de pauvres nains fatigués. C'était un titan et il ne cessait jamais de rire et de trinquer, arpentant New York en tous sens pour ne rien rater, écrivant dans un anglais abominable un article après chaque concert. Il te les faisait relire, Ella. Tu les corrigeais. Il n'avait pas un sou, mais pour te remercier, il te serrait fort dans ses bras et t'embrassait. Tu étais une poupée de chiffon sous son étreinte de colosse. Je l'aimais pour cette gentillesse qu'il avait avec toi. Je l'aimais parce qu'il te respectait, te murmurait des petits mots en russe et ne se moquait jamais de toi. Il n'avait pas peur non plus. Il est venu jusqu'au bout. Il était fidèle, Dimitri. J'aimais le bien qu'il te faisait, la lumière qui était sur ton visage lorsqu'il s'en allait. Le grand Dimitri qui n'arrivait pas à parler anglais.

Lorsqu'il a frappé à la porte, un soir de semaine, tu t'es réveillée en sursautant. Il est entré avec la petite Maria, toute maigre et tout effacée, la petite Maria si gênée qu'elle se cachait derrière lui. Dimitri nous a annoncé qu'ils se mariaient ce soir-là et partaient le lendemain. Qu'il fallait vite enfiler quelque chose, que la fête serait longue et qu'ils nous voulaient à leurs côtés. Nous sommes allés dans la cave d'un café. Ils avaient tout préparé. Des musiciens étaient là qui attendaient. Je t'ai vue rire cette nuit-là. Je ne me souvenais plus que ton visage pouvait avoir tant de lumière. Cette noce, jamais je ne l'oublierai. Tu pleurais souvent, assise au banquet. Tu pleurais parce que Dimitri et Maria allaient partir, quitter New York et notre petit monde. Tu pleurais sur cet adieu, et Dimitri le voyait. Alors, chaque fois, il disait à ses musiciens de jouer plus fort, il disait qu'Ella ne devait pas pleurer, que si elle pleurait c'était de leur faute parce que la musique n'était pas assez forte. Il les traitait d'incapables et t'invitait à danser. J'ai pleuré, moi aussi, en te regardant danser. Cela faisait si longtemps, Ella. Nous avions déjà tellement commencé à nous blesser l'un l'autre. Et tu dansais, maintenant, sous mes yeux, exsangue et épuisée de maladie. Tu n'aurais pas dû. Tes forces te quittaient, mais je n'ai pas osé te demander d'arrêter. Plusieurs fois tu as vacillé, plusieurs fois j'ai cru que tu te trouverais mal et qu'il faudrait appeler une ambulance, mais tu dansais. Et je ne pouvais détacher mes yeux de ton visage livide mais joyeux. Je pris Maria par la taille et je la pressai contre moi. Nos pieds frappaient le sol. Je dansais avec toi, avec Maria, avec Dimitri et ma tristesse. Nous disions au revoir aux amis, au revoir à cette vie et chaque fois que tu t'écartais des danseurs, chaque fois que tu marchais pour reprendre ton souffle et que le voile de la mort te recouvrait le visage, Dimitri s'immobilisait, te cherchait des yeux et hurlait : "Où est Ella ? Je veux danser avec petite Ella !" Et lorsqu'il voyait tes yeux rouges de pleurs, il te grondait comme un maître sévère : "Tu ne dois pas pleurer, petite Ella, tu dois danser avec Dimitri. Dimitri veut danser. Ce soir, Dimitri est roi." Je croyais que tu étais sans force, que tu allais t'effondrer, mais tu tenais encore et tu dansais à nouveau. C'était un supplice. J'en voulais à Dimitri de te pousser ainsi au-delà de tes forces, mais je lui étais reconnaissant de faire naître sur ton visage une joie que je ne te connaissais plus depuis longtemps. Dimitri et Maria. Nous ne les avons plus jamais revus. Ils ont quitté les Etats-Unis. Retournés en Russie, peut-être. Ou passés au Mexique où la vie est moins chère et où Maria a pu élever ses enfants sous le soleil de ses ancêtres. De tous nos amis, Dimitri, seul, t'a aimée comme tu le méritais. Cette noce résonne dans ma tête. "Je veux danser avec petite Ella." Où sont-ils maintenant ? Ont-ils vieilli aussi ? Vieux et courbés comme moi ? Allant et venant dans les rues d'un petit village mexicain ? Est-ce qu'ils se souviennent d'Ella ? de ses dernières larmes de joie ? Je voudrais demander à la vie d'épargner Maria et Dimitri. Qu'ils n'aient pas vieilli. Qu'eux seuls restent comme ils furent. Ivres et fous de joie. Qu'ils continuent de danser dans la sueur et les cris. Qu'ils dansent encore de toutes leurs forces. Cela leur allait si bien. Que la vie n'ait pas tout défait. Qu'ils ne se soient pas tassés, eux aussi, le dos voûté, répétant les mêmes phrases, attendant de mourir. Je voudrais que Maria et Dimitri dansent encore avec toi. Je voudrais entendre à nouveau cette voix puissante qui résonne dans mon crâne : "Tu ne dois pas pleurer, petite Ella !" Faites qu'ils ne meurent pas. C'est trop triste. Qu'ils soient jeunes encore, qu'aucune ride ne leur ait flétri le visage, qu'ils soient pour toujours comme durant cette nuit de noces, faites qu'ils dansent encore pour nous qui sommes morts, pour nous qui avons tant pleuré, faites qu'ils dansent, je ne demande que cela.

Tout s'est désagrégé très vite. Hurlements et sirènes d'ambulances. Les crises de plus en plus dures, les éclats de plus en plus violents, scènes de ménage jusqu'à l'évanouissement. Et ton souffle qui devenait de plus en plus court, ton souffle animal qui me faisait peur car je pensais que tu périrais un jour, dans un dernier hurlement, toute bleue d'étouffement. Ce sifflement sourd des bronches qui cherchent un peu d'air, suffoquent et s'asphyxient. Tes yeux exorbités. La colère et la peur. Tout s'est désagrégé. Cheveux ébouriffés, coups de poing contre mon torse. La haine de la maladie, la révolte contre l'injustice, tu criais tout cela à mon visage, et je ne savais que dire. Je te trouvais parfois, assise dans un coin de la cuisine, recroquevillée sur le carrelage, en chemise de nuit, reniflant comme une bête, immobile et transie. Tu disais que tu allais te foutre en l'air. Ou tu ne disais rien. J'essayais de te relever, de remettre en place tes cheveux et de te mener jusqu'à ton lit. Tu ne disais rien. Tu me regardais avec surprise, le regard fixe et étrange. Je n'ai jamais su si, dans ces moments, tu me reconnaissais ou pas.

Tu t'endormais comme une petite fille. Et lorsque j'avais remonté les couvertures sur ton corps décharné, plein de bleus et d'entailles, je pleurais doucement. Tout est allé si vite. Et j'ai été si lâche. Je sais, j'aurais dû tout arrêter, m'occuper de toi, mais je ne supportais pas. Je n'étais pas assez fort pour cela. Alors, lorsque je t'avais couchée, je prenais mon manteau et je sortais. J'allais trouver Greg, pour me saouler ou arpenter les rues.

Lorsque tu n'étais pas prostrée, tu devenais infernale. Tu brandissais des couteaux, hurlais des insultes et la rage te montait aux joues. Tu disais : "Tu trouves que je suis folle ? C'est ça ? Je suis un poids pour toi ? Je vais crever. Tu seras bientôt tranquille. C'est ça que tu veux, je sais bien que c'est ça que tu veux mais tu n'as même pas le courage de me quitter." Je ne répondais rien. J'essayais de te maîtriser. Les crises passaient. Cela mettait de plus en plus de temps. Mon visage était de plus en plus souvent entaillé par tes ongles. Tu crachais. Tu mordais. Mon corps a gardé mille petites traces de ta folie. Ces combats-là, plus que ta maigreur et ta maladie, plus que la lente détérioration de ton état, ces combats-là, Ella, m'ont éreinté. J'en étais usé. Dès que je pouvais, je prenais mon manteau et partais. Cet appartement, j'ai commencé à le haïr. Je le fuyais autant que je le pouvais. Il n'y avait que dehors que je retrouvais la vie dont j'avais rêvé. Les voitures continuaient de rouler. New York vivait. La nuit scintillait. J'oubliais tout. Je marchais, tantôt seul, tantôt accompagné. Personne ne me posait de questions, personne ne mentionnait ton nom. A croire que tu étais déjà morte. C'était mieux comme ça. C'est ce que je voulais. Qu'on me laisse en paix. Que le brouhaha de la grande ville soit plus fort que tes cris. J'ai pensé mille fois te quitter. J'aurais été capable de cela, tu sais. Prendre un train. Tout laisser derrière moi. Cet appartement couvert de verres brisés, tes cris de folle, ma douleur et ta mort. Tout laisser derrière moi. Partir, oui, j'y ai pensé. Une chose m'a retenu, je crois. C'est que toujours, Ella, même au plus fort de tes crises, tu gardais des instants de lucidité. Ce pouvait être en plein milieu d'une bagarre ou lorsque je t'avais couchée. Ton visage ne bouillonnait plus de rage. Tes traits avaient la douceur d'un esprit apaisé. Tu me regardais en souriant du fond de ta souffrance. Tu me faisais signe de me rapprocher. Je me penchais sur toi. Tu m'embrassais doucement, ou me couvrais le visage de tes deux mains. Tu répétais mon nom. Tu disais : "Mo', ce n'est pas ce que j'ai voulu, tu sais. J'avais prévu les choses tout autrement. C'est injuste, Mo', n'est-ce pas ? Pourquoi est-ce que je vais mourir si tôt ? Il y a tant de choses qui me restent à faire. J'aurais aimé te donner des enfants, lire tes poèmes, être fière de toi. Est-ce que tu écriras encore, Mo', après moi ?" Je te faisais signe de te taire. Je pleurais comme un enfant. Je te suppliais de dormir. Comme tu étais belle, Ella, dans ces instants de répit. Une clairière au milieu d'une forêt de tourments. C'est pour cela que je ne te quittais pas, pour ces quelques minutes où tu étais toi, où je retrouvais celle avec qui je voulais vivre une vie entière dans les draps. Comme tu étais belle, Ella, dans cette pâleur étrange. Comme il était cruel que tu sois restée aussi lucide que cela.

Moi aussi, Ella, j'avais prévu les choses autrement. Moi non plus, je n'ai pas voulu cela. Il faut tout recommencer, Ella. Tout recommencer.

Il finit la dernière gorgée de son jus d'orange. La nuit est tombée. Il y a moins d'agitation dans le hall de l'hôtel. Des bruits de couverts, au loin – probablement les repas que l'on sert aux clients casaniers –, les lointaines notes d'un piano-bar, et le calme de la nuit.

Je suis le dernier. Tous ceux à qui je pense, tous ceux qui peuplent ma mémoire, tous ces noms que je connais, qui me rappellent un visage, sont des noms de disparus. Je suis un vieux drogué. La longue pipe de ma mémoire, sur laquelle je tire des bouffées de passé, emplit mon âme de visages morts et de sourires blessés. Tu règnes au milieu d'eux tous, Ella. Vous m'avez tous abandonné. Je suis le seul en vie. Le dernier à tenir. C'est horrible de solitude. Plus personne qui se souvienne. Personne à qui je puisse dire ton nom. Vous êtes tous partis. Je pense parfois que j'aurais mieux fait de mourir avec toi. J'aurais évité trente ans d'oubli et de vieillesse. Si j'étais mort avec toi, nous aurions presque pu dire que nous avions vécu heureux. Ta vie fut trop courte et la mienne trop étirée. J'aurais pu abréger cette attente, mais je n'ai pas eu la force. J'aime la vie, même seul, même comme ça. Lorsque je serai mort, c'est vous tous qui, une seconde fois, disparaîtrez. Je vous repasse, un à un, dans mon esprit. Il n'y aura bientôt plus personne pour se souvenir de nous, pour savoir comme nous étions fiers et ambitieux, comme le monde était léger entre nos doigts d'enfants. Nous allons rejoindre le peuple des morts. Pourtant, nous avons été jeunes, comme tous ceux-là. La ville était à nous. Il n'y a que New York qui ne vieillisse pas. Je peux vous le dire. Elle mue sans cesse. Elle détruit ce qui meurt, rénove le reste. Les publicités ont changé. De nouveaux restaurants ont ouvert un peu partout. New York n'a pas vieilli, non, elle n'est plus à nous, c'est tout. J'ai vu des jeunes gens de vingt ans qui marchaient comme nous le faisions. Ils s'attardaient dans la nuit à la terrasse des cafés et prédisaient l'avenir. New York n'est plus à nous. Nous avons fait notre temps. Plus rien ici ne conserve trace de ce que nous fûmes. Il faut être sans cesse jeune. Je vous ai retrouvés. Je suis heureux. Je vais me taire maintenant. Courage. Il faut dire adieu. Laisser ces milliers d'êtres recommencer sans cesse. Faire place nette. Ces endroits, je ne les reverrai plus. Je n'irai plus jamais au cinéma. Ne boirai plus jamais un verre de vin à la terrasse d'un café. Je n'aurai plus ni chaud, ni froid… Comme c'est dur et comme je voudrais me promener encore un peu, appeler un taxi, en pleine nuit, lui demander de rouler, refaire toutes les rues de notre quartier, tout revoir, tout humer, tout saluer. Courage. Je ne suis plus de ce temps. Ella, tu es là qui me regardes et me tends la main. La mort sera triste, Ella, si je ne peux plus penser à toi.

C'est Greg qui m'a prévenu. Il est entré dans le bar tout essoufflé et il a dit : "Mo', il y a une ambulance en bas de chez toi." J'ai couru comme un dératé. New York continuait de vivre. Chacun vaquait à ses occupations. C'était un jour comme les autres. Les bus, les taxis, tout roulait normalement. J'ai monté les escaliers quatre à quatre. J'ai entendu des cris, des hurlements. Dans le couloir, à l'étage, il y avait deux policiers et des ambulanciers. Ils m'ont laissé approcher. Tu étais là, au fond du couloir, à moitié nue et tout ébouriffée. Une vieille robe de chambre tombait sur tes reins. Tu avais l'air d'une furie avec cet extincteur à la main que tu brandissais comme une arme. Tu gueulais aux policiers de reculer. Lorsque tu m'as vu, ta colère a redoublé d'intensité. "Fous le camp, fous le camp, je te dis ! Ne le laissez pas s'approcher de moi !" Tes pauvres seins nus dodelinaient sous la fureur de tes mouvements. Une pauvre folle au corps décharné, une possédée. Tu bavais de fureur. La démence, seule, te portait. Les policiers m'ont demandé de reculer. Ils ont mis du temps, mais ils t'ont raisonnée. Tu t'es calmée. Ils t'ont rhabillée. Dans l'appartement, ils t'ont fait une piqûre et, comme un enfant, en te tenant par la main, ils t'ont emmenée dans l'ambulance.

"Elle va mourir."

Combien de temps était-ce après ? Je ne sais plus. Je ne dormais plus. Je ne me levais qu'avec des comprimés. Mon corps ne se nourrissait que de médicaments. "Elle va mourir." Je revois sa tête. Est-ce qu'il comprend ce qu'il vient de me dire ? Est-ce qu'il fait l'effort, une minute, de réaliser ce qu'il me dit ? Il est assis à côté de moi, sur une chaise d'hôpital inconfortable. Il pose sa main sur mon genou. Je ne peux plus bouger. Je suis écrasé, sans douleur, sans pensée, comme anesthésié. Je n'ai pas écouté ce qu'il a dit ensuite. Tu vois, Ella, je ne sais même pas de quoi tu es morte. Il m'a expliqué pourtant. Je n'entendais pas. Je n'ai même pas attendu qu'il finisse, je me suis levé et je suis entré dans ta chambre. Odeur aseptisée d'hôpital. Murs blancs. Tout est impeccable. J'étouffe. Tu es calme. Tu tournes la tête vers moi. Je m'assieds à ton chevet. J'étouffe. Je ne parle pas. Je pleure, je crois. Tu te mets à parler. Doucement. D'une autre voix que celle que je te connaissais. J'ai la bouche grande ouverte. Je t'écoute. Je manque d'air. Tu parles tout bas. Tu essaies de sourire. Tu dis : "Mo', je voudrais retourner au Gramercy Park Hotel, juste une dernière fois." Tes yeux brillent. Je suis assommé. Je ne réponds pas. Plus de force pour hurler. Plus de force. Tu fermes les yeux.

Un temps infini s'écoule. J'ai le sentiment que je vais mourir, là, avec toi. Que je n'y survivrai pas. Que tout va s'achever ainsi. Que je vais mourir d'un coup. Tu veux parler à nouveau. Tu sembles plus triste, plus résignée. Comme si tu avais longuement réfléchi. Comme un enfant qui se reprend. Tu te corriges et ajoutes : "Promets-moi d'y retourner, Mo', promets-moi." Je te le promets. Je serre ta main contre moi. Tu dis merci, tu souris comme un mort et fermes les yeux. Tu ne les as plus ouverts, Ella. Tu es morte quelques heures plus tard. Je n'ai plus jamais revu ton regard. On est venu me trouver dans une salle d'attente où je m'étais endormi. Ils m'ont dit : "C'est fini, monsieur, nous sommes désolés." Quelque chose comme ça, je crois. Je ne me souviens plus du reste, de ce que je fis après. Cela n'avait plus aucune importance.

Trente ans d'oubli. Oui, Ella, j'ai écrit sans toi. J'ai été publié. On me salue parfois dans les librairies et les universités. Oui, Ella, tu es morte et moi pas. Je serre ta main de toutes mes forces. Je veux que tu vives. Que tu reviennes à toi. Je veux que tu écoutes ce que j'ai rêvé pour toi. Oui, Ella, je te l'ai promis. Trente ans d'oubli. Et mon corps qui faiblit. Je ne t'ai pas amenée au Gramercy. Je n'ai pas eu la force. J'aurais dû. Même à l'agonie, même morte, j'aurais dû te porter et te coucher dans ce lit où tu fus heureuse toute une nuit. Je n'ai pas eu la force. C'est la dernière chose que tu aies demandée. Le Gramercy Park Hotel. Je te l'ai promis, Ella. J'ai mis du temps, tu vois, mais j'y suis revenu. Je suis là maintenant. Je suis vieux et fatigué. C'est à ton tour, aujourd'hui, de me serrer la main et de sangloter. Je ne suis pas triste, je suis faible. Oui, faible. Mais je suis heureux de m'être souvenu à temps. Le Gramercy Park Hotel. Je te prends dans mes bras. Tu n'es pas lourde. N'aie pas peur. Tu ne tomberas pas. Tu retrouveras la chambre, tu retrouveras la joie. Ne crains rien. Regarde comme je suis fort. Je t'avais promis, Ella. Regarde.

Il s'est levé doucement. Un groupe bruyant de jeunes gens est là qui attend l'ascenseur. Il se trouve mêlé à eux le temps de la montée, puis s'arrête au dixième étage et déambule dans le couloir jusqu'à trouver la porte de sa chambre.

Il entre et referme la porte derrière lui.

Lorsqu'il s'allonge, il lui semble tout retrouver : les draps défaits, le parfum d'Ella, son rire. Au pied du lit, sur le fauteuil, il revoit son soutien-gorge et son caraco. Il l'entend l'appeler de la salle de bains. Sa voix de jeune femme dit : "Mo' ? Mo' ?" Il murmure doucement. "Je suis là, Ella." La fenêtre est ouverte. Les rideaux blancs ondulent légèrement sous le vent.

Il demande à son cœur de cesser de battre. Le corps fait une dernière contraction. Pendant quelques secondes, encore, il se laisse emplir par le sourire d'Ella – et l'air, déjà, manque à jamais.

1998-2006
(Paris)

LE COLONEL BARBAQUE

A Jean-Yves Dubois,
Que la terre te soit douce et légère.

Je descends le fleuve. Les oiseaux saluent mon passage. Je les entends. Du haut des arbres, ils caquettent dans un brouhaha d'enfer. Je ne les vois pas. Le soleil m'éblouit. Je ne bouge pas. Tout vit autour de moi.

Le fleuve coule avec la lenteur des siècles. Je sue. Il me semble que je suis vieux. Quel âge ai-je aujourd'hui ? J'ai vécu tant de vies… Je suis le colonel Barbaque. Je reste immobile au fond de ma barque. Allongé à fond de cale, je fixe le ciel qui défile au-dessus de moi.

La nature grouille et suinte. Je le sens. Je le sens avec une acuité de fiévreux. Les fourmis montent le long des troncs d'arbres. Je sens la chair morte d'un singe, tombé du haut d'un arbre, qui gît la nuque brisée, dans un jus sale, couvert d'insectes venus laper sa mort. Cette odeur acide me parvient. Au loin, des fauves s'entre-déchirent. On tue à chaque seconde tout autour de moi. Je sens la vie qui se débat comme un poisson hors de l'eau. Je ne bouge pas. Je laisse les cris et les odeurs venir. La nature ne se tait pas à mon passage. Pourquoi le ferait-elle ? Le colonel Barbaque se mêle à la vie suintante des rives du fleuve. Il n'y a pas d'ordre. Il n'y a pas de calme.

Je suis un homme fatigué d'avoir tant tué. Je lève une main pour chasser une mouche venue me lécher les lèvres. J'ai encore la force de cela. Les mouches veulent me butiner. J'ai une haleine de fleur fanée. Comme j'ai maigri. Ma main ressemble à celle des cadavres d'Egypte. Ce n'est pas la main d'un homme de mon âge. On dirait un corps mangé par le scorbut. J'ai la main sèche d'un tueur. Oui, c'est cela qui m'a amaigri comme un vieux cheval : le sang que j'ai fait couler.

J'aurais dû mourir là-bas, dans les tranchées. C'est ce qui aurait dû arriver. Mort au combat. Décoration posthume. Comme les autres. La mère aurait pleuré, mais elle aurait pu être fière au fil des années. Ils y sont tous passés : Dermoncourt, Castellac, Messard, et Barboni qui a explosé dans un souffle chaud de chair brûlée. J'aurais dû mourir là-bas. Il n'y avait pas de raison que je survive. J'aurais dû allonger d'un nom la longue liste des monuments aux morts. Quentin Ripoll. Mort pour la France. Foutaises ! Quentin Ripoll. Qui se souvient de ce nom ? Et M'Bossolo… Le seul qui méritait d'avoir son nom gravé dans le marbre. M'Bossolo, disparu à jamais avec la fin minable des vrais désespérés. Je me souviens encore de la force de ses bras qui me tenaient serré sur son dos. La boue. Tout autour de nous. Il avançait, lentement, et je sentais, moi, qu'il ne céderait pas, que rien ne pourrait plus l'arrêter. Les tranchées s'ouvraient devant lui pour le laisser passer. La voix chaude de M'Bossolo me tirait des limbes et lavait déjà mes plaies. Cette voix que je n'ai plus jamais entendue.

C'est ce jour-là qu'est né le colonel Barbaque. Non, c'est plus tard, bien plus tard. Ce jour-là est mort Ripoll.

J'ai vécu plusieurs années comme une ombre, sans nom, sans volonté, avec la démarche lente des grands brûlés. J'ai erré longtemps avant de naître à nouveau.

Je voudrais mettre la main hors de l'eau, mais je n'en ai pas la force. Depuis combien de temps suis-je ainsi, au fond de ma barque ? Je le demande aux perroquets rouges qui me voient passer. Ils ne répondent pas. Tant mieux. Je n'ai pas besoin de savoir quel jour nous sommes ni l'heure qu'il est. Je n'ai pas faim. J'ai toutes mes armes autour de moi. Deux fusils. Deux pistolets. Mon couteau. Ma baïonnette. Une caisse de cartouches. Des bâtons de dynamite. Je peux tenir tête à une armée de singes. Je peux incendier la brousse et dynamiter le fleuve. Je sais faire cela.

Est-ce que M'Bossolo a su qu'il allait sauver un tueur ?

Quelques semaines plus tard, j'ai voulu le retrouver. J'avais repris des forces. L'infirmerie me laissait sortir deux heures par jour pour que je prenne l'air. Je l'ai cherché partout. J'ai demandé au capitaine du régiment. Je lui ai expliqué que le gars m'avait sauvé la vie. Il a été gentil. Il a consulté ses carnets et m'a indiqué où je pouvais trouver mon homme. Lorsque je me suis présenté au caporal, il m'a regardé d'un air fatigué et m'a indiqué l'infirmerie : pas la mienne, pas celle des blessés et des accidentés, celle des contagieux. "Il a attrapé une saloperie, il est là-bas depuis cinq jours."

A l'instant où j'ai vu son visage, les yeux clos, les lèvres mi-ouvertes, j'ai su que je ne pourrais jamais le remercier. La grippe espagnole le bouffait de l'intérieur. Il respirait comme un vieillard. Sa famille ne recevrait ni médaille ni argent. La grippe, ce n'est pas glorieux. Il serait notifié qu'il était mort de maladie. Mort de maladie, M'Bossolo… Bouffé par la guerre, oui. Bouffé par le front, par le froid de ces terres où il n'aurait jamais dû venir. Tué par les nuits de veille passées les pieds dans la boue froide à veiller sur des lignes qui ne lui étaient rien. La grippe espagnole l'a privé de la gloire. Même pas ça. On ne lui aura même pas accordé cela. Le colosse noir qui me portait sur ses épaules terrassé par un rhume. Je suis resté à son chevet deux jours. Il n'a jamais repris connaissance.

Que dirait-il s'il me voyait aujourd'hui, glissant au fil de l'eau, le corps plein des odeurs de son continent ?

Je suis devenu noir ce jour-là. Lorsque le médecin a constaté le décès. Je n'ai rien dit. Je l'ai regardé une dernière fois. Je suis devenu noir dans la petite pièce étouffante de l'infirmerie où les malades toussaient comme des tuberculeux. Les nègres crèvent entassés les uns sur les autres. Ils crèvent d'être venus chez nous. Ils crèvent de subir cette pluie qui vous glace les os. Et d'obéir aux ordres de cette guerre dans laquelle ils ne sont pour rien. Ils crèvent là. Par obéissance. Et générosité. Et rien. Ni médaille. Ni merci. On constate leur décès avec la rigueur d'un gendarme. Renverra-t-on les corps aux familles ? Non. Ces nègres-là n'ont pas de famille. La patrie. Juste la patrie. Un cimetière municipal fera l'affaire. Je suis devenu noir en pensant que M'Bossolo allait avoir froid pour l'éternité.

Je crève de chaleur au fond de cette barque. Je laisse défiler l'Afrique et je souris parce que je sais que je ne serai jamais enterré. Je vais pourrir à fond de cale et il n'y aura personne pour me fermer les yeux. Le colonel Barbaque crache sur la terre froide de la Champagne-Ardenne ou de la baie de Somme. Le colonel Barbaque dynamite les cimetières militaires, les corps rangés les uns à côté des autres, au garde-à-vous pour l'éternité. Non, je mourrai ici, sous le soleil. Les serpents d'eau viendront me glisser entre les jambes et se couleront dans mon gosier. C'est bien. Je repense à M'Bossolo. Je ne vaux pas la vie qu'il m'a donnée.

J'ai toujours su que je n'arriverais pas à revenir des tranchées. Trop loin. Trop longtemps. Mais ceux qui m'attendaient avaient l'air de tellement y croire que je me suis laissé faire. Je pensais encore qu'ils avaient peut-être raison. Je les ai laissés essayer de me récupérer. Au fond, je savais que cela ne servait à rien parce que les tranchées grouillaient encore en moi. Elles m'avaient appris le combat, la terreur et l'ivresse de survivre. Elles m'avaient appris la rapidité de l'assassin et la patience du chien. On ne fait pas un homme avec cela. Nous n'étions plus des hommes.

Elles ont mis du temps à s'en apercevoir. La mère. La femme. Elles voulaient y croire. Fêter le retour. Fermer la parenthèse et reprendre la vie là où nous l'avions laissée. Mais je ne pouvais pas. Les gestes, je les avais oubliés. J'aurais dû leur dire cela. Que ça n'était pas moi qui rentrais. Que Quentin était mort là-bas. Qu'il ne fallait pas essayer de me garder mais me rendre à cette vie nouvelle qui venait de m'enfanter, violente et sale. Elles ne m'auraient pas cru. Alors nous avons essayé. Mais ça ne marchait pas.

“Quentin ? disait la femme parfois. Tu es sûr que ça va ?”

Je faisais oui de la tête mais aucun son ne sortait de moi. Je ne pouvais pas lui dire qu'au-dedans, la tourmente recommençait. D'un coup. Comme ça. A cause d'un grincement de porte ou d'une odeur de viande brûlée. Les bombardements. Les corps retournés. D'un coup. Le cri des copains qui partent à l'assaut. Le sifflement des balles et la nuit déchirée par le feu. Je ne pouvais pas lui dire que tout se remettait à brûler en moi.

“Quentin ? tu es là ?”

Je faisais oui de la tête et je partais marcher un peu. Ça n'a pas pu durer. La violence, je la sentais en moi, par jaillissements. Envie de tuer. De saisir un couteau, là, et de percer. Qui que ce soit. Le premier corps devant moi. Le couteau, durant toutes ces années, avait été un prolongement de mon bras, ça manquait. Oui, j'ai vite compris que ça manquait. Les jours calmes toujours renouvelés, je ne pouvais plus. Je n'étais plus cet homme-là. Alors je suis parti, laissant la femme, la mère et le village derrière. Je n'ai pas eu l'impression d'abandonner quoi que ce soit. J'avais quitté tout cela le jour où j'avais été appelé sous les drapeaux. Je ne me suis pas demandé où j'allais aller. Je le savais depuis toujours. J'ai quitté Cogolin. Les femmes n'ont rien fait pour me rattraper. Elles avaient compris, elles aussi, que je ne m'appartenais plus. Que leur Quentin, ce n'était pas en moi qu'il fallait le chercher. Je suis allé à Marseille et de là, sans hésiter, j'ai pris le premier bateau pour l'Afrique. Il n'y avait que cela de possible. Si l'Afrique ne marchait pas, ce serait la balle dans le crâne. J'étais décidé. Mais il fallait essayer cela auparavant. Le pays de M'Bossolo. Voir le pays de mon frère. Suer sous le même soleil. Le continent noir m'appelait. J'étais un de ses fils depuis ce jour, à l'infirmerie, où je l'avais vu mourir. Noir. Oui. Il n'y avait que cela de possible. Ou tout était à brûler.

Je me souviens de ma stupéfaction devant la terre rouge d'Afrique – et son grand ciel de criquets.

Je me suis senti chez moi. Etranger à tout mais sur une terre qui me faisait du bien.

J'ai su que je ne la quitterais plus, que je ne reviendrais jamais. J'ai su que je voulais désormais la couvrir de mes pas. J'ai commencé par l'Ouest et puis je me suis avancé dans les terres et l'air devenait plus sauvage. Le bruit des bateaux s'éloignait, le cri des marchands s'estompait. Je plongeai dans l'Afrique avec le ravissement de l'aveugle qui découvre les couleurs.

J'ai commencé par vendre du bois. J'avais rencontré un Italien du nom de Scamponi qui était installé là depuis des années. Il m'a initié. Il vendait de tout : bois, tabac, peaux de fauves. Pendant longtemps je l'ai suivi. J'aimais ça. Le commerce. Pas pour les marchandises que je vendais. Ce pouvait être n'importe quoi, café, bananes, bijoux, je m'en moquais.

Non, j'ai aimé le commerce. Les regards qui s'échangent, l'argent qui passe d'une main à l'autre. J'ai aimé ça. Des hommes sortaient de nulle part et nous avions à faire ensemble, le temps d'une poignée de main. Je vendais des tissus, des pierres précieuses, du caoutchouc, puis chacun repartait à sa vie. Evanouis.

Une longue succession de rencontres et d'évanouissements, de rencontres et d'évanouissements, sous le regard silencieux des perroquets sauvages.

Après un an, j'ai quitté Scamponi. Je voulais être seul et plonger plus profond dans cette vie. J'ai changé de pays. J'ai changé de nom parfois. J'ai commencé mes trafics, avec bonheur. J'ai vendu des armes, des fusils français, des pistolets italiens. J'étais un maillon de cette longue chaîne secrète. J'ai vendu du khat à l'occasion, parce que je connaissais un Somalien qui pouvait m'en procurer et les Français, dans les bordels, étaient friands de cette drogue qui chasse le sommeil.

J'ai vécu des années dans ce grand continent sur les chemins du trafic et j'étais bien. J'allais d'un point à un autre, des villages nègres aux comptoirs français, de la brousse aux ports. Je m'oubliais et cela m'enivrait. La marchandise imposait sa règle : la trouver, la payer, la transporter, la vendre, la cacher parfois. Elle m'occupait tout entier.

Après deux ans, j'étais devenu plus efficace que ne l'avait été Scamponi. Je ne sais pas pourquoi, je me suis arrêté sur les bords du fleuve Niger. Sa lenteur animale me faisait du bien. Je me suis arrêté mais je ne pensais pas que j'épouserais à ce point ces paysages de calme et de noblesse.

Je me souviens d'une discussion que j'ai eue avec le capitaine Samard. J'étais arrivé dans la région depuis quelques mois. Il m'avait reçu chez lui, un soir. Le plaisir de voir un Français certainement. Le capitaine Jean Samard. Soirée douce d'Afrique, pleine de grésillements d'insectes et de soupirs d'arbres. Je le revois. Samard, avec sa bonne tête d'honnête homme, buvant un verre de prune en pensant à la Sologne. Il savait ce que je faisais dans la région depuis plus d'un an, on le lui avait dit, et cela le désolait. "Ripoll, m'avait-il dit, franchement, je ne comprends pas. Un type comme vous. Un ancien des tranchées. Médaillé pour bravoure, paraît-il. C'est ce qu'on m'a dit. Ripoll. Qu'est-ce que vous faites ? Franchement. Vos trafics, là : les armes, les pierres précieuses… Vendre des fusils à ces pauvres nègres. Qui vont s'entretuer. Ou pire. Les utiliser contre nous. Franchement, Ripoll. Un homme comme vous. Au nom de la morale des poilus. J'en suis un moi aussi. La baie de Somme. Je ne comprends pas. Vous méritez mieux."

J'aurais pu laisser Samard ronronner, le laisser évoquer avec grandiloquence le drapeau français, la vertu des poilus, l'exemple que nous représentions, mais j'avais envie de mordre, et de le mordre lui, justement, avec sa gentillesse sucrée. Lui, oui, le capitaine droit et franc, avec sa moustache pleine de bonne volonté. Il allait bientôt me taper sur l'épaule, m'enjoindre de retrouver le droit chemin, me proposer un poste pourquoi pas, ou du moins une lettre de recommandation signée de sa belle main de République. Je l'ai regardé, avec la violence d'un coup de feu. "C'est vous qui me dégoûtez, Samard. Après les tranchées, vous êtes venu là. Vous avez traversé des mers, des fleuves et des forêts, dans votre bel uniforme, parce qu'on vous en donnait l'ordre. Vous y retourneriez dans la baie de Somme, si on vous le demandait. Et dès demain même. Avec entrain. La jubilation de l'obéissance. Moi pas, Samard. Je brûlerais la cervelle du premier type qui oserait venir m'en donner l'ordre. Il n'y a plus rien, vous comprenez, plus rien qui puisse me dire où aller et que faire. Mes commerces vous dégoûtent ? Un ancien de l'armée ne devrait pas se livrer à cela ? C'est ce que vous pensez, Samard ? Mes trafics, je les aime, moi. Je vends des armes. Je fais de l'argent sur du sang. Et ces mulets vont s'entretuer, vous avez raison. Ou se ruer sur vos comptoirs peut-être un jour. Oui. Avec des fusils que je leur aurai vendus. Et alors, Samard ? Ne me dites pas ce que je dois faire. On me l'a dit lorsque je portais l'uniforme et c'était pour que j'égorge, pour que je brûle, pour que j'assassine sans fin, à longueur de journée. Je vends des diamants, du tabac, du café et de la dynamite. Je fais de l'argent. Je ne privilégie aucune tribu, c'est au plus offrant. Vous trouvez cela révoltant ? Plus rien ne me révolte, Samard, depuis les tranchées. Plus rien ne me fait vomir. J'ai perdu le sommeil depuis longtemps. Le monde n'a aucun sens. Je le contemple la tête renversée. Un trafiquant, dites-vous. Un vaurien, oui, pourquoi pas… J'ai vu pire et je sais qu'il n'y a aucun châtiment à redouter. Le ciel est vide. Quand bien même Dieu aurait existé, nous lui avons crevé les oreilles et les yeux avec nos pluies d'obus qui déchiraient le ciel. Vous vous souvenez ? Les nuits où ça pilonnait, le ciel rouge, la fumée qui semblait jaillir de la terre. Qui peut survivre à cela ? Laissez-moi à mes trafics. Vous ne valez pas mieux que moi. Si vous aviez un peu de bon sens, il y a longtemps que vous auriez chié sur votre uniforme. Ils ont fait de nous des bêtes, Samard. Que voulez-vous que je fasse ? Je suis jeune. Il me reste quelques années à vivre. Je fais mon trou. Comme une bête. C'est tout."

Il avait le visage rougi par la colère. Outré, le capitaine Samard. Il m'a prié de sortir de chez lui. Il a marmonné encore des choses. Que jamais il n'aurait cru. Un nihiliste. Que c'était facile. Que c'était révoltant. Que la France tout de même. Et le devoir vis-à-vis de nos enfants. Je me suis levé. J'ai souri. Je savais que j'étais laid à cet instant. Ce sourire me rendait laid. J'ai craché dans le verre de prune et je suis sorti.

L'eau est tiède. Je me suis baigné, souvent, dans le fleuve. Je sens sa chaleur qui entoure la barque et traverse le bois.

Je pourrais essayer de me lever et basculer dans les flots. En finir ainsi. Mais je préfère glisser encore. Je vois l'Afrique défiler une dernière fois. Les grands arbres secouent le ciel. Je veux jouir de cette tiédeur le plus longtemps possible.

Ce jour-là, à Bandiagara, le ciel semblait plus vaste qu'à sa création.

Des traînées de nuages, rougis par le soleil, flottaient dans les airs, comme de longs étendards délavés. Tout était beau. J'étais au pied de la muraille de la cité, là où se pressent les échoppes des marchands de tissus. Le marché de Bandiagara s'étendait sur des kilomètres. Je me souviens du brouhaha des hommes mêlé au bruit des oiseaux en cage et aux cris stridents des singes. Tout le monde avait quelque chose à vendre. Les soldats patrouillaient avec flegme, pour montrer leur présence, pour que personne n'oublie que si ce marché existait, c'était le bon vouloir de la France. J'attendais un acheteur. Nous nous étions donné rendez-vous ici pour ne pas être dérangés et je me laissais envahir par ce vacarme marchand. Il n'y avait que là, dans cette foule en sueur, que je trouvais une forme de soulagement.

Je n'ai rien vu venir. Rien. A croire que mon instinct de soldat s'était assoupi.

Je n'ai pas remarqué que les femmes avaient disparu. Je n'ai pas remarqué que des hommes qui n'avaient rien à vendre et ne désiraient manifestement rien acheter avaient pris place un peu partout. Je n'ai pas senti les regards qui se fermaient. Les oiseaux se sont tus dans les cages, comme s'ils attendaient. Et d'un coup, subitement, des lames ont jailli de sous les étoles. Il n'y eut d'abord pas un cri. Juste la violence des corps qui se précipitent sur les soldats. Le bruit sourd du couteau qui entre jusqu'à la garde dans les côtes. Puis, enfin, le cri des assassinés. Les soldats comprirent. Hurlèrent. Quelques coups de feu furent tirés, au hasard. Des échoppes furent renversées. Ce fut alors un soulèvement de toute la foule autour de moi.

J'ai compris que j'étais blanc. Au milieu de la foule. Blanc. Comme une cible dans la nuit.

J'ai à peine eu le temps de me cacher le visage entre les poings. Cinq ou six hommes m'entouraient.

Ils me rouaient de coups. Je suis tombé à genoux. Ils me frappaient à toute force. Je me suis effondré dans la poussière. Je sentais leurs pieds, leurs poings, leur rage qui me martelait les flancs. Ils allaient me tuer, avec obstination, à mains nues. Ils allaient frapper jusqu'à ce que mon visage ne ressemble plus à rien. J'ai eu le temps de penser à tout cela. Ma main a fouillé sous les plis de ma chemise, dans mon dos, à la ceinture. Je n'ai décidé de rien. C'était comme si le corps faisait selon sa propre volonté, obéissant à son seul instinct de survie. Ils continuaient à frapper. J'ai saisi la crosse de mon pistolet. J'ai encore eu la force de hurler en les mettant en joue et de me relever. J'ai brandi mon arme. Je titubais. Ils ont reculé, faisant cercle autour de moi. Je les discernais à peine. Du sang me coulait dans les yeux. Je ne voyais que des corps encore chauds de la mêlée. Ils attendaient de voir ce que j'allais faire. Ils savaient que certains d'entre eux allaient mourir. Au premier coup de feu, ils bondiraient sur moi. Mais ils hésitaient encore. Je les voyais mieux maintenant. De jeunes hommes aux traits sévères.

C'est là, dans le temps infini qui s'étirait, que tout a basculé.

Je ne sais pas ce qu'il s'est passé. J'ai vu un soldat français, devant moi, à terre. Il avait profité de la surprise causée par mon arme brandie pour reprendre ses esprits. La veste déchirée, il observait les assaillants avec rage. Il me regardait. Je l'entendais.

"Tuez-les ! Tuez-les tous !" Ce regard, je l'ai croisé et cela m'a semblé évident. Lentement, j'ai dirigé mon arme sur lui. Les nègres se sont immobilisés. J'ai tiré trois coups de feu sur le soldat dans la poussière et ce fut comme si ces coups de feu délivraient à nouveau la fureur de la foule.

Les coups plurent à nouveau. Des ombres se jetèrent sur des hommes pour les étrangler. On hurla. Quelques coups de feu, encore, firent trembler le soleil. Mais plus personne ne me toucha. On me frôlait à peine. La foule chassait maintenant les survivants. La garnison de Bandiagara – dix-sept hommes au total – fut anéantie ce jour-là, comme dévorée par un essaim de jaguars.

Puis d'un coup ce fut le silence. Il n'y avait plus d'ennemis vivants. Les échoppes avaient été renversées, les marchandises piétinées. Dix-sept corps de Français gisaient dans la chaleur écœurante de l'été. Et je restais là, moi, ébahi, parmi ceux qui avaient voulu me tuer. C'est alors que je l'entendis pour la première fois. Ce nom. Il monta de la foule. Les hommes me regardaient. Je n'avais pas bougé. Le visage ensanglanté, le pistolet à la main, je les fixais dans les yeux et je les entendis reprendre un à un ce nom dont ils me baptisaient : "Le colonel Barbaque… Le colonel Barbaque…" Le sang finissait de couler. Le vent caressait les corps. Ils m'avaient épargné. J'étais des leurs désormais.

L'insurrection du marché de Bandiagara a marqué le début de ce que le capitaine Samard a appelé "la guerre contre les insurgés". On m'a rapporté son propos. La guerre. Il déclarait la guerre à ces hordes de sauvages – comme il les appelait. Et à moi qui avais osé tirer sur un homme de mon pays. Un Français. Un soldat qui plus est. Foutaises. Comme si la guerre n'avait pas été déclarée depuis longtemps. Ils me l'ont inoculée, moi. Depuis les tranchées je vis dedans. Et lorsque j'ai foulé le sol d'Afrique, je l'ai vue partout. La guerre dans les cravaches que portent avec assurance les officiers français. La guerre dans le regard maté des hommes qui courbent l'échine devant notre drapeau. La guerre qui gronde partout. Mais Samard n'a jamais rien compris. Il a parcouru le marché délabré, le soir même. Il a compté les corps de ses soldats poignardés. Il a écouté, les mâchoires serrées, le récit qu'on lui faisait de ma participation. Il a probablement été vérifier lui-même qu'un soldat avait bien été tué par balle. Il a dû se demander pourquoi. J'imagine Samard qui ne comprend pas, qui bouillonne de rage et de frustration parce qu'il ne comprend pas. Comment ai-je pu être tout d'abord roué de coups, laissé presque pour mort, et ensuite prendre le parti des sauvages ? A moins que je n'aie perdu la raison. C'est sûrement ce qu'il a conclu. Un fou. Oui. Un enragé.

Jusque-là, il n'avait éprouvé que de la compassion pour moi, mais maintenant il était de son devoir de m'empêcher de nuire. La guerre. Oui. Entre lui et moi. Entre la France et cette poignée de rebelles qu'il fallait mater au plus vite avant qu'ils ne donnent de mauvaises idées au reste du pays.

Si le capitaine Samard voulait la guerre, j'étais prêt. Et depuis longtemps. Je me suis paré pour l'occasion. J'ai ressorti de ma malle l'uniforme bleu horizon que j'avais conservé. J'ai mis la veste sur mon torse nu. Les hommes qui m'avaient fait leur m'ont offert des colliers que j'ai portés avec fierté. J'ai mis de grosses boucles d'oreilles, des bagues à mes doigts. J'ai laissé pousser ma barbe et mes cheveux. Je me suis scarifié le torse pour que les esprits du pays m'acceptent et me transmettent leur fureur. Oui, j'étais prêt. Le colonel Barbaque venu d'un cauchemar pour faire pleuvoir sur les Français une pluie de balles. Je voulais qu'ils cessent de dormir, qu'ils s'habituent à la terreur, jour et nuit. Que ce soit leur seule compagne. Qu'il n'y ait pas un instant où une patrouille ne craigne de tomber dans une de nos embuscades. Je sais de quoi ont peur les Français. J'ai fait courir les bruits les plus fous. Que nous mangions nos victimes. Que je violais les cadavres.

Nous étions partout. J'ai mené une guerre d'usure. Je harcelais les comptoirs. Je massacrais les convois. Il fallait que tout déplacement soit dangereux, qu'ils se retranchent dans leurs forts et que là encore nous allions les chercher. Je menais des batailles éclair. Je sais faire la guerre. Je suis le meilleur. C'est la France qui m'a appris. Samard n'est pas de taille, je suis né dans les tranchées.

Je suis devenu leur hantise. J'ai appris à connaître le pays. J'ai écouté les forêts la nuit. Je me suis glissé dans les eaux du fleuve pour connaître la vigueur des bêtes. J'étais au milieu de mes frères, ceux qui étaient venus se battre à nos côtés dans les Ardennes ou la baie de Somme. C'était à mon tour de les aider maintenant.

Le continent noir se secoue pour faire tomber ses petits tyrans en uniforme. Je suis là. Je suis partout. Je suis mort depuis longtemps. Je cours comme une ombre, d'un fort à l'autre. Je vous scalperai tous. Jusqu'à ce que vous quittiez ces terres. Votre temps est révolu. Oui. C'est la guerre. Et vous devriez capituler car vous n'êtes pas de taille. J'ai un appétit d'ogre et je ne reculerai plus.

Je suis la guerre. C'est pour cela qu'ils m'appellent le colonel Barbaque. Ils ont reconnu cela en moi : une hyène, qui s'ennuie lorsqu'elle ne tue pas.

Je n'ai pas toujours été ainsi, mais il faut remonter trop loin. Je ne me souviens plus. Non, toute ma mémoire est un champ de bataille. La grande guerre des tranchées m'a transformé. Je suis la guerre parce que je ne sais faire que cela. Et que je m'insulte la nuit de n'être bon qu'à tuer n'y change rien. Que je me déteste et que je me frotte les mains dans les eaux du fleuve pour essayer de les laver n'y change rien. Ils ont fait de moi un monstre.

Partout où je vais, j'apporte la poudre et les corps suppliciés. Partout où je vais, on murmure mon nom avec effroi. Barbaque. Barbaque. Le soldat fou qui tue les Français. Barbaque qui assaille les comptoirs, pille les forts et met en pièces les régiments.

Des années de guerre. Combien ? Je ne sais pas. Je ne vis plus comme ça, en comptant les mois, en fêtant les saisons et les anniversaires. Je ne vis plus comme ça. Une ligne droite, il ne me reste plus que cela. Une longue ligne droite faite d'assauts, d'embuscades, de chasse et de défaites. Nous perdions des hommes. Bien sûr. Enormément. Mes guerriers étaient courageux mais ils se faisaient faucher par la mitraille. Et nos machettes ne pouvaient rien contre les mortiers. Nous perdions des hommes mais personne d'autre que nous ne le savait. Qui savait combien nous étions ? Samard n'en avait aucune idée et c'était cela qui le terrifiait. Combien d'hommes de combien de villages venaient régulièrement grossir nos rangs ? Est-ce que le pays était en train de se soulever ? Ces questions tournaient dans sa tête avec la chaleur de l'harmattan et lui faisaient trembler les doigts autour de son verre de prune. Il ne savait pas. Il ne savait rien. S'il avait su, Samard. S'il avait su… Nous n'avons jamais été nombreux. Une poignée d'hommes que ses régiments auraient pu anéantir en une journée s'ils avaient su où nous trouver. Nous n'avons jamais été nombreux mais le pays nous cachait. J'ai cru, au tout début, que le grand soulèvement du pays serait possible, que c'était à cela qu'il me serait donné de participer. Et puis, très vite, j'ai su que le vent soufflait contre nous. L'Afrique tout entière passait la tête sous le joug. Partout des coups de feu, des révoltes, des hurlements, mais cela n'inversait pas le cours du fleuve. Ce n'étaient que les soubresauts du vaincu. L'Afrique était à genoux, mains derrière le dos. Nos attaques contre les comptoirs n'y changeaient rien. Nos rapines et nos assassinats ne comptaient pas. J'ai vite su que nous ne pouvions que perdre, mais je n'ai rien dit. La victoire était de durer. C'est pour cela – peut-être – que je ne comptais pas les années. Je me suis battu. Et j'ai fait de mon mieux. Mais la France tout doucement, avec patience, nous a étranglés. Samard ne s'en rendait même pas compte. D'autres que lui participaient au combat qui nous faisaient plus de mal et contre lesquels je ne pouvais rien. Des tribus étaient achetées, des alliances se faisaient pour nous isoler. Lentement, on nous coupait du pays.

"Des nègres assoiffés de sang." Voilà ce que nous étions. Moi oui, ces noms me convenaient. Mais eux, mes hommes, mes frères, eux non. Ils se battaient avec plus de beauté que moi. Ils n'avaient pas les yeux ravagés que j'ai et la laideur sèche des tueurs. Leurs esprits ne s'étaient pas brûlés au contact de la Grande Guerre. Pour eux, le geste restait net : ils se battaient pour leur terre et leur liberté. Ils m'avaient accepté à leurs côtés parce que je leur servais. Je savais mener une attaque et je terrifiais les Français. Ils m'ont utilisé et ils ont bien fait. Et lorsqu'ils ont voulu renoncer à la guerre, lorsqu'ils se sont rendu compte – comme je l'avais fait avant eux – qu'il n'y avait rien d'autre que la défaite et qu'il fallait mieux pactiser, ils se sont débarrassés de moi. Il n'y avait rien d'autre à faire. Asphyxiés. Nous étions asphyxiés. Ils ont eu raison. Pour leur famille, pour préserver le peu qu'ils avaient, ils ont déposé les armes et Samard a pu sourire.

Combien de temps cela a-t-il duré ? Je ne sais pas. J'ai vieilli horriblement. Un corps décharné. Cette longue chasse m'a usé. A moins que non. A moins que des dizaines d'années ne se soient véritablement écoulées et que Samard aussi ne soit devenu un vieillard. Il faudrait que je le voie pour savoir, mais je ne le verrai plus. Je file sur le fleuve. J'entends les cris de ceux qui me voient passer. Les coups de feu qu'ils tirent des berges. C'est bien. C'est mon dernier voyage.

Tout est fini depuis la dernière nuit sans lune. Nous faisions halte dans ce village depuis plusieurs mois. Tous les chefs de guerre étaient là. Je n'ai pas compris tout de suite ce qu'il se passait.

La grande cérémonie ne pouvait avoir lieu que cette nuit-là. La lune était invisible et un monde nouveau allait naître le lendemain. Ils ont décidé de cesser le combat. Ils ont décidé d'accepter les propositions des Français. Ils acceptaient le joug. Ils le savaient, mais ils étaient épuisés.

Cette nuit-là, ils ont enterré la guerre. Tous les hommes ont été réunis côte à côte. Les femmes ont chanté les poèmes ancestraux de la terre puis elles leur ont fait boire à chacun le breuvage de la paix. Je l'ai bu – comme les autres. C'est un alcool qui enflamme le palais, une liqueur qui permet de revenir à la vie. Elle provoque une puissante poussée de fièvre dans tout le corps. Elle tue parfois. La tradition dit que ceux qui meurent sont ceux qui ne pouvaient plus revenir à la paix, ceux que la guerre a brûlés, ceux qui sont allés trop loin. La liqueur les tue parce qu'ils appartiennent au vieux monde. Les autres suent durant toute une nuit. Le désir de tuer, la sauvagerie violente du combat, l'appétit de vengeance coulent hors d'eux. Le corps se libère du meurtre et ils renaissent calmement – acceptant les jours lents de la vie. C'est cette liqueur que nous aurions dû boire après les tranchées, tous, un par un – pour voir qui pouvait revenir et qui était déjà mort.

Je l'ai bue cette nuit-là. Je savais que je n'y survivrais pas. Quelques heures plus tard, la fièvre s'était installée dans mon corps et elle ne m'a plus quitté. Lorsqu'ils ont vu que je tremblais comme un singe blessé, lorsqu'ils ont vu que j'avais les lèvres blanches et les yeux rouges, ils ont commencé à s'agiter.

Je n'ai pas tout de suite compris ce qu'ils faisaient. J'étais en lutte avec mes propres démons. Tout se mélangeait. Une pluie d'obus tombait sur les berges du fleuve. Des singes portaient des masques à gaz et se ruaient vers nous avec l'air fou des syphilitiques. La terre des tranchées se mêlait aux odeurs chaudes de l'Afrique. Je revoyais des camarades disparus. Barboni riait de toute sa force d'homme supplicié. Tout se mêlait et j'étais assailli d'odeurs et de souvenirs. J'entendais la mitraille allemande crépiter et faire s'envoler des nuées épaisses de criquets pèlerins. Je n'ai pas vu tout de suite qu'ils apprêtaient une pirogue, la plus grande de toutes. Ils la décoraient avec des fleurs fanées et des couleurs de sang. Ils y déposaient des armes et des amulettes de guerre.

C'était ma pirogue, celle avec laquelle j'allais les quitter. Je ne pouvais plus rester parmi eux. Ils enterraient la guerre cette nuit, et je n'étais que cela. Ils allaient me déposer dans la pirogue et me laisser glisser au fil de l'eau. C'était une embarcation sacrée. Ils la préparaient avec ferveur. Je me suis demandé pourquoi ils ne me tuaient pas plutôt. Que l'un d'entre eux me tranche la gorge comme ils le font aux zébus les jours de fête. Que l'un d'entre eux assassine le colonel Barbaque, je ne me défendrais pas, je tendrais mon cou même s'il le fallait. Mais ils ne peuvent pas. Je les ai aidés. Je les ai menés au combat. Ce serait criminel. Et puis ils ne me connaissent pas, ne savent pas où je suis né et il y aurait certainement à craindre la vengeance d'esprits lointains. Ils ne peuvent pas. Alors ils m'ont fait boire la liqueur des nuits sans lune, ils m'ont apprêté la grande pirogue de guerre et ils m'ont salué.

Je les ai regardés une dernière fois.

Je les ai aimés, ces hommes-là.

Puis sans trembler, avec un sourire vague sur les lèvres, je suis monté dans la barque et j'ai senti les eaux du fleuve qui prenaient possession de moi et m'emmenaient doucement au bout des mondes.

Je glisse le long du fleuve depuis des jours. Lorsque je dépasse un village, j'entends les cris des enfants qui préviennent de mon passage. Les hommes abandonnent leur ouvrage et saisissent leurs armes. Ils tirent sur ma barque en hurlant. Ils tirent pour tuer la guerre qui passe devant chez eux. Les balles font craquer le bois. Les flèches se plantent dans les plis de mon uniforme. Je suis assailli. Lorsque j'ai la force, je jette par-dessus bord un bâton de dynamite. Je ne cherche à atteindre personne, je réplique simplement. Les bâtons, d'ailleurs, n'atteignent pas la berge, ils éclatent dans les airs et font sursauter les enfants.

Je suis le colonel Barbaque. Ma pirogue crache le feu. La guerre descend le fleuve et partout les hommes me chassent. Je ne suis plus de ce temps. J'entends les oiseaux le dire à mes oreilles. J'entends les serpents d'eau le siffler autour de moi.

Je suis bien. La fièvre me tient compagnie. Je n'ai plus de force mais je n'en ai pas besoin. Il ne me reste plus rien à faire d'autre que mourir.

La liqueur me tue. Il fait chaud. Je repense à la femme, là-bas, qui disait mon nom. "Quentin ? Tu es là ?" Je repense à son visage de campagne paisible. C'était une autre vie.

L'eau entre dans la pirogue. Je la sens qui me baigne les pieds. Je suis avec mes armes. Je ne pleure pas sur ma vie, je pleure sur les vies que j'aurais pu mener et qui ont été ensevelies.

M'Bossolo m'aurait-il sauvé s'il lui avait été donné de voir ce que j'allais devenir ?

Je me suis battu aux côtés des nègres. J'aime cette terre. Je la laisse défiler. Comme le ciel est grand. Ils tirent à nouveau. J'entends les cris. Les balles sifflent autour de moi. Qu'ils tirent. Je suis un épouvantail. Que l'on m'enterre avec la guerre. Je file le long des eaux. Ce fleuve ne finira pas. Il est large et majestueux. Je suis un point minuscule dans son immensité calme, petite chose humaine qui finit sans que cela fasse frémir l'air alentour.

La fièvre m'emporte et me libère. Je ne suis plus le colonel Barbaque. Pour la première fois depuis si longtemps, je ne suis plus l'homme aux mains de sang. La fièvre fait disparaître un à un tous ces hommes en moi : Barbaque, Ripoll, ils me quittent. Je reste comme nu. Le ciel immense au-dessus de moi. Je sens le vent chaud me caresser la peau. Laissez passer l'homme qui meurt. Laissez passer le vieillard aux deux vies. Il fait bon. Le cri des singes me réchauffe. Tout continuera à vivre et grouiller après moi. Je me fonds dans les eaux du fleuve. Le mouvement lent des courants souverains tout autour de moi. Les coups de feu lointains. Je suis content de disparaître. Mes frères crient à mon passage. Je suis content de disparaître. La terre vivra mieux sans moi.

2005-2006
(Paris)

DANS LA NUIT MOZAMBIQUE

Pour Simon Kim,
Ami de toujours, avec qui j'ai été
si souvent au Mozambique, le temps
d'une soirée.

L'amiral Aniceto de Medeiros poussa la porte du restaurant et à nouveau – comme chaque fois lorsqu'il était venu ici – la salle lui sembla plus petite que dans son souvenir. Les tables en bois avaient été débarrassées, les chaises retournées. De l'eau de Javel avait été renversée sur le sol. Tout était calme et silencieux.

"On ne sert plus, monsieur."

La voix avait jailli du fond de la salle. Un jeune homme était là, les mains dans un seau d'eau. Il devait avoir quinze ans. L'amiral fit un petit signe de la main pour dire qu'il savait bien qu'on ne servait plus – c'était même pour cela qu'il avait attendu cette heure pour venir. Il voulait revoir cette salle vide, au repos, mais cela, il ne le dit pas au jeune homme. Il avisa une chaise qui n'avait pas encore été retournée et s'assit calmement.

"Monsieur ?" Le jeune homme était devant lui. Il s'essuyait les mains dans un chiffon sale et avait l'air agacé par l'effronterie de ce monsieur qui s'asseyait alors qu'on venait de lui dire que c'était fermé.

"Dis à Fernando que l'amiral de Medeiros est là…" La phrase avait été prononcée calmement, d'une voix lointaine et douce, en souriant, mais elle eut sur le jeune homme un effet brutal. Le titre d'amiral, peut-être… Toujours est-il que le garçon disparut en courant, manquant de renverser son seau.

L'amiral resta seul. Il contempla la salle avec un bonheur salé de nostalgie. Combien d'heures avait-il passées ici ? Un repas tous les ans, tous les deux ans parfois… Même si la soirée durait toujours jusqu'à la fermeture – et bien au-delà –, cela ne faisait pas tant que cela… Et pourtant, il lui semblait que ce lieu lui était plus familier que sa propre maison. Ce qui s'était dit ici, les mots, les conversations, les rires, les confessions, en restait-il quelque chose dans la patine des murs, sous les carreaux de porcelaine bleue ? Il savait bien que non et cette certitude lui sembla d'une horrible cruauté.

"Amiral…"

La voix avait claqué avec ce timbre débonnaire et franc qui la caractérisait. Un homme d'une cinquantaine d'années était maintenant face à Medeiros, la mine réjouie. Il avait peut-être encore un peu grossi, à peine. Son corps avait toujours eu la robustesse des petits taureaux. Les membres courts, le cou épais, une vivacité inattendue dans les mouvements, Fernando

Pimenta avait le regard heureux des hommes qui vivent la vie qu'ils s'étaient imaginée. Il avait réussi à monter son restaurant. Il aimait ses clients. Il aimait sa cuisine et le bout de trottoir sur lequel il posait sa chaise, une fois le service fini, pour fumer une cigarette.

"Amiral, je vous sers quelque chose ? Il me reste des dorades, des acras…"

Medeiros déclina l'invitation. Il ne voulait pas manger. Surtout pas ici. Cela aurait été comme une trahison. Fernando sembla se faire la même réflexion car avant même que l'amiral ait pu décliner son offre, il fit un geste de la main pour montrer qu'il regrettait sa proposition.

"Oui. Non. Bien sûr. Alors juste un café. Ça, nous pouvons. Un café. Tous les deux."

Avant même que l'amiral ait répondu, il disparut. On entendit sa voix en cuisine qui congédiait le jeune homme, lui disant qu'il fermerait lui-même, puis quelques bruits de tasses. Le percolateur cracha au loin son jet de dragon. Aniceto de Medeiros sentit l'odeur du café lui parvenir. Il sourit. Il était heureux d'être venu.

Lorsque Fernando eut déposé les tasses de café sur la table et qu'il se fut assis, l'amiral le regarda et lui dit :
"Le Mozambique me manque.

— Moi aussi", répondit le patron du restaurant.

Aucun d'eux n'était jamais allé au Mozambique, et pourtant rien n'était plus vrai, pour chacun de ces deux hommes, que ce manque qu'ils venaient d'exprimer. Ils se turent un temps, partageant ce sentiment comme on le fait avec un bon alcool qui a vieilli une vie d'homme en cave. Puis l'amiral reprit :

"Je ne crois pas que nous y retournerons.

— Non", répondit Fernando. Avant de demander à son ami avec un regard d'enfant : "Vous croyez qu'il est parti définitivement ?"

L'amiral fit une moue pour dire que rien n'était certain, mais rien exclu non plus. Puis il regarda le café noir dans sa tasse déjà à moitié bue et dit :

"Avec la mort de Da Costa l'année dernière, nous voici bien seuls, Fernando.

— Vous savez ce qui me manquera le plus, amiral ?"

L'amiral regarda la bonne face de son ami. Il fit non de la tête pour inviter son interlocuteur à poursuivre.

"Qui va nous raconter de nouvelles histoires ?"

A cet instant, l'amiral crut qu'il allait pleurer. C'était bien cela. C'était exactement ce manque-là qui l'avait poussé à venir retrouver Fernando et revoir ce restaurant. C'était cela mais il n'avait pas su se le formuler et ce n'était que maintenant que la chose était nommée qu'il sentait l'émotion le submerger. Qui leur raconterait de nouvelles histoires ? Qui finirait l'histoire du Mozambique ? Aniceto de Medeiros était triste. Il murmura : "Je sais, Fernando" et, pour ne pas pleurer, il but d'un geste sec son reste de café.

Pendant longtemps, ils ne dirent plus rien. Ils avaient le regard vide. Les mêmes images emplissaient leur esprit. La même voix résonnait dans leur mémoire. Le Mozambique était là, tout autour d'eux, à nouveau. Ils le laissaient renaître. C'était comme d'inviter leurs deux amis disparus à s'installer à leur table. Ils se turent longtemps pour ne pas briser cet instant de partage où les odeurs des repas d'autrefois emplissaient à nouveau la salle. Ils furent heureux dans ce silence, pleins de la chaleur réconfortante du passé.

Ils se réunissaient toujours chez Fernando. Autour d'une de ces tables en bois sur lesquelles le patron disposait délicatement de longues nappes en papier. Ils n'arrivaient jamais avant 22 heures. Sans que jamais personne en ait parlé explicitement, cette heure tardive avait été élue par tous pour que le restaurant commence à se vider lorsqu'ils arrivaient et qu'ils puissent avoir le sentiment, au fur et à mesure qu'avançait la nuit, que le lieu leur appartenait. Et puis il fallait que Fernando puisse venir les rejoindre le plus vite possible, s'asseoir à leur table et n'en plus bouger – ce qui était impossible avant la fin du premier service.

Ils aimaient ce vieux restaurant où la porte des cuisines restait toujours ouverte – laissant s'échapper de chaudes odeurs de fritures marines, où les bouteilles de vin, lorsqu'on les débouchait sous leur nez, poussaient de longs soupirs de table.

Ils se retrouvaient là, une ou deux fois par an. Jamais à date fixe. C'était au gré des disponibilités de chacun. Et il était rare, pour tout dire, que ces quatre hommes soient dans leur ville natale au même moment.

Lorsqu'un rendez-vous était fixé, c'était toujours le même protocole. L'amiral de Medeiros téléphonait pour réserver une table. C'était à lui qu'incombait cette tâche. A partir de cet instant, Fernando ne vivait plus que pour cette soirée : il mettait de côté ses plus beaux poissons et rêvait à mille entrées inédites qu'il pourrait offrir à ses amis. Lorsqu'ils arrivaient, le patron leur ouvrait la porte lui-même et les débarrassait de leur vêtement. Il serrait les mains tout en essayant de se souvenir de la date exacte où ces hommes étaient venus pour la dernière fois manger ses poissons frits et sa brandade de morue, goûter son vin blanc et perdre un peu de temps sur ses lourdes chaises en cuir. A peine étaient-ils assis que Fernando revenait des cuisines avec quatre petits verres scintillants d'alcool et quelques amuse-gueules. Ils trinquaient, passaient la commande, puis le patron les abandonnait à leur repas.

Il les retrouvait plus tard dans la soirée, lorsqu'il avait fini de servir les autres clients et qu'un peu de répit lui était accordé. En attendant, les trois amis discutaient à bâtons rompus et faisaient honneur à leur hôte en savourant, avec jubilation, leurs poissons.

Il y avait là l'amiral Aniceto de Medeiros, le contre-amiral Da Costa et le commandant Manuel Passeo. Les trois hommes s'étaient connus à l'école de la marine. C'étaient à l'époque trois jeunes officiers aux mains gantées et au regard profond, assoiffés d'écume, prêts à naviguer jour et nuit sur les mers du monde. Trois jeunes hommes à qui la vie allait réserver des hoquets imprévus. Le commandant Manuel Passeo, le premier, perdit son regard conquérant. Une histoire d'insubordination. Une bagarre avec un supérieur. Il quitta la marine avant la dernière année d'école, mais ne put se résoudre à quitter la mer. Ces mots qu'il prononçait avant du bout des lèvres, cette désignation honteuse de "marine marchande", il la fit sienne et devint ce que ses camarades appelaient en riant un marinier. Le contre-amiral Da Costa se maria. Quelques années plus tard, sa femme tomba malade. Une forme rare de dégénérescence nerveuse. Il fallut être toujours plus présent. Da Costa espaça de plus en plus les missions, jusqu'à demander à ne plus partir. Il fut nommé à l'Arsenal de Lisbonne – poisson exilé dans le sable. L'amiral de Medeiros tint, lui, son pari marin, son appétit d'algues et d'écume. Mais au bout de cette vie de voyages, il lui semblait parfois n'avoir rien appris de plus que ses camarades.

Ils se réunissaient parfois, donc, dans le restaurant de Fernando et il était de coutume qu'un d'entre eux prenne la parole et raconte une histoire. Et c'était comme de prendre la mer, comme ça, de nuit, tous les quatre ensemble, comme cela n'arriverait jamais dans la vie, sans uniforme, sans grade, tous les quatre portés par le même flot et plongés dans la même ivresse de l'écoute.

La dernière fois qu'ils s'étaient retrouvés remontait à deux ans. C'était une belle soirée de juin 1978. Le contre-amiral Da Costa montrait déjà les premiers signes de la maladie qui allait le tuer un an plus tard, amaigri comme un pauvre animal.

Ses amis furent frappés, à son arrivée, par la fatigue de son visage mais, comme il ne parla pas de son mal, personne ne lui posa de questions.

Ce soir-là, ils mangèrent avec bonheur. Puis, lorsque le restaurant se fut vidé et que Fernando ferma la porte à clef, ils se poussèrent en arrière sur leur chaise. Fernando apporta des cafés et une bouteille d'alcool de cerise en demandant, avec un regard d'enfant :

"Bon. Qui commence ?"

Le contre-amiral Da Costa plissa les yeux doucement, en faisant un petit geste de la main pour attirer l'attention de ses amis :

"Ça n'est pas une histoire, dit-il avec un air penaud, comme s'il voulait s'excuser de ne pas respecter les règles habituelles de leur cérémonie. Plutôt une question que je voudrais vous soumettre.

— Si c'est l'heure de philosopher, il va nous falloir plus de vin", dit Medeiros en riant.

Fernando attrapa la bouteille et remplit les verres de ses hôtes dans un silence plein de plaisir et d'impatience.

"Alors voilà, commença le contre-amiral, laissez-moi vous raconter une petite histoire qui est arrivée à un de mes cousins, il y a cinq mois de cela. C'était un homme de soixante-deux ans. Il devait marier sa dernière fille. Nous avons tous été invités. La fête devait avoir lieu à Mogadouro, un petit village accroché à la montagne. Tout était prêt. La jeune mariée comptait les jours qui la séparaient de ses noces et les mères s'affairaient en tous sens."

Le contre-amiral fit une petite pause. Les joues creusées par la maladie lui donnaient parfois des airs de vieille femme.

"Le jour du mariage, continua-t-il, je suis arrivé tôt chez mon cousin. Nous avons pris un café ensemble. Il était très impressionné par la famille du marié : une famille plus nombreuse, plus riche et qui était venue tout entière de Lisbonne. Lorsque l'heure de la cérémonie approcha, nous nous sommes mis en chemin ensemble. L'église était située tout en haut du village. Il fallait gravir une montée très abrupte. Le soleil chauffait. En pleine marche, mon cousin se sentit mal. Ses jambes flanchèrent. Je ne pus le soutenir. Il s'affaissa de tout son long sur le trottoir, terrassé par une crise cardiaque. Il est mort là, dans mes bras, au milieu de toute sa famille en habit de fête."

Le contre-amiral fit une pause dans son récit. Il but un peu de vin avec parcimonie et cette précaution n'échappa à personne, tant ses amis étaient habitués à le voir avaler des bouteilles entières avec une soif de barbare.

"Vous imaginez ce qu'il se passa. Nous plongeâmes de la fête à l'horreur. Personne ne pouvait y croire. Les fiancés pleuraient à chaudes larmes. Les tables furent desservies et les musiciens renvoyés chez eux. Beaucoup d'entre nous, ce jour-là, maudirent le ciel de se jouer des hommes avec pareille cruauté.

— Ton histoire est horrible, dit le commandant Passeo d'un air accablé.

— Une vraie dévastation, murmura Fernando.

— Quel est le problème dont tu voulais nous parler ?" demanda Medeiros qui n'avait pas perdu le fil du récit.

Le contre-amiral plissa les yeux, heureux que l'on se souvienne de son amorce.

"J'ai beaucoup réfléchi à tout cela, dit-il. Et la façon dont s'est passée cette journée ne me semble pas juste. Ce n'est pas ainsi que nous aurions dû faire. Nous avons tout annulé et nous avons plongé dans la douleur, soit. Mais ma question est la suivante : pourquoi est-ce que le cœur de l'homme ne peut pas accueillir en son sein deux sentiments contradictoires et les laisser vivre ensemble ?

— Je ne comprends rien, dit Fernando avec une mauvaise humeur de vigneron.

— Je m'explique, reprit le contre-amiral, est-ce que le plus juste n'aurait pas été de maintenir la noce ?

de marier les jeunes gens et d'enterrer le père, le même jour ?

— C'était condamner les mariés à une noce bien triste, fit remarquer Medeiros.

— C'est bien ce que je dis, renchérit le contre-amiral. Pourquoi l'homme est-il incapable de cela ? La vie en est bien capable, elle. Elle nous chahute sans cesse, nous projette du bonheur au malheur sans logique, sans ménagement. Je rêve d'un homme capable d'assumer cette folie. Pleurer les jours de joie et rire en pleine douleur. C'est cela que nous aurions dû faire. Maintenir la noce, et chacun d'entre nous aurait pu à la fois danser, bénir les jeunes gens et pleurer celui que la mort venait d'avaler. Une seule et même soirée puisque le sort en avait décidé ainsi. Est-ce que cela n'aurait pas été plus juste ?"

Les trois amis ne répondirent pas tout de suite. Chacun essayait d'imaginer ce qu'aurait été pareille noce – mélange étrange de larmes et de feux d'artifice.

"Tu as raison, dit finalement Medeiros, il aurait fallu faire ainsi."

Le contre-amiral but un grand verre d'eau, signe qu'il avait fini et ne parlerait plus.

Fernando se leva et disparut un temps en cuisine. Lorsqu'il revint, il portait un plat couvert de choux à la crème.

"Les douceurs de l'Apocalypse, dit-il en présentant à ses amis le résultat de son labeur.

— Quel nom ! s'exclama Passeo en riant.

— D'où sors-tu cela ? demanda Da Costa.

— Je vais vous expliquer, dit Fernando avec gourmandise. Et ce sera un peu mon histoire à moi. Mais d'abord, il faut goûter…"

Ils s'exécutèrent. Les choux étaient enrobés d'un sucre glacé parfumé à l'écorce d'orange. C'est ce goût-là qui prenait d'abord le palais : une amertume puissante, persistante. Puis, délicatement, les saveurs de la crème prenaient le dessus, emplissant les papilles d'une molle douceur alcoolisée.

"Qu'est-ce que ces petites merveilles ont à voir avec l'Apocalypse ? demanda le contre-amiral Da Costa, déjà pris par une furieuse envie de se resservir.

— Vous savez ce qu'il se passera à Lisbonne le jour de l'Apocalypse ?" demanda Fernando d'un air malin.

Les trois hôtes firent non de la tête.

"Rien, reprit le cuisinier, il ne se passera rien. Le Portugal est toujours en retard. Le jour où le monde sombrera, où le ciel s'ouvrira et où des déluges de feu détruiront les hommes, il ne se passera rien à Lisbonne. Même pour l'Apocalypse, nous serons en retard. Pendant quelques jours, il fera encore bon vivre ici tandis que partout ailleurs le monde croulera."

Passeo et Medeiros sourirent. Da Costa, lui, fronçait les sourcils. Il ne parvenait toujours pas à faire le lien avec les choux.

"Et alors ? dit-il.

— Alors – répondit Fernando avec malice, comme un magicien qui constate avec bonheur la stupéfaction sur le visage des spectateurs – qui vous dit qu'elle n'a pas commencé à l'instant ? L'Apocalypse est là, tout autour de nous. Il ne nous reste que quelques jours pour jouir de cette belle lenteur. Croquez dans les choux. Profitez. Partout ailleurs, le monde brûle peut-être !"

Les amis s'esclaffèrent et chacun se resservit avec délices, imaginant, pour rire, que l'histoire de Fernando fût vraie et qu'à l'instant, New York, Londres, Paris et Tokyo fussent en train de brûler. Ils restaient là, eux, dans la lenteur de l'air lisboète et rien ne comptait plus que la douceur des choux qu'ils partageaient.

La soirée aurait pu s'achever là. Ils auraient pu, lentement, laisser la conversation s'éteindre dans le fond de leur verre mais le commandant Passeo n'avait pas encore vraiment parlé. Ce fut son tour, et les autres, tout à leur bonheur d'écouter, loin de leur propre vie, oubliant les traces et le poids des choses, tirèrent sur leurs petites cigarettes avec des yeux d'enfant. Le commandant Passeo commença son récit et tout le monde sentit qu'il prenait la parole pour longtemps. C'était bien. Le reste n'avait pas d'importance. Lisbonne dormait. Ils étaient entre eux, et les mots de Passeo flottaient dans la salle, entre la fumée des cigarettes et le sourire de ses amis.

"Je me suis longtemps demandé si nous étions plus riches ou plus pauvres d'avoir épousé cette vie de mer, dit-il. Pour être honnête, mes amis, j'ai longtemps considéré que tant d'errance et d'allers-retours,

142

tant de milles parcourus et d'océans traversés ne pouvaient qu'appauvrir la vie d'un homme. Au fond, nous savons très bien, vous et moi, qu'au terme du voyage, nous n'avons qu'un peu d'eau au creux des mains, rien de plus. Et notre entêtement à vouloir naviguer n'est peut-être qu'un désir obstiné de pauvreté. Il n'y a pas d'or au fond des mers. Il n'y en a pas eu, ni pour vous ni pour moi. Je suis un vulgaire marchand. J'ai beau avoir sillonné les océans, longeant toujours les côtes par peur de la haute mer pour laquelle mon bateau n'est pas fait, j'ai beau avoir transporté dans mes cales tout ce dont l'homme peut faire commerce, et connu dans mes mains toutes les monnaies qu'il a inventées pour payer, je reste plus pauvre que le jour où je quittai mon village. Les billets que l'on m'a donnés en échange de mes commerces, les trente années de billets accumulés n'ont servi qu'à me noircir un peu les doigts, rien de plus. Mais il m'est arrivé quelque chose qui rachète tout. Une histoire qui vaut trente ans de trafics, trente ans de grimaces et de bakchichs. Plus précieuse que mon bateau. Tant et si bien que si vous me demandiez aujourd'hui qui je suis, je ne vous dirais ni mon nom, ni mon âge, ni que je suis marin ou portugais, je dirais sans hésiter que je suis celui qui connaît l'histoire de la fille de Tigirka. Et cela suffit."

Le commandant fit une pause. Il prit son verre entre les mains et but une gorgée de vin. Lorsqu'il le posa sur la table, il contempla le visage de ses amis. Aucun des trois n'avait bougé. Ils attendaient avec de grands yeux impatients. L'heure ne comptait plus, ni leur âge, ni leur fatigue. Ils écoutaient.

"Vous savez tous de quoi je vis, reprit Passeo. Vous avez toujours eu la gentillesse de ne pas m'en tenir rigueur et de continuer à me compter comme un des vôtres, vous qui appartenez à la marine nationale. Je suis marchand. Je vends, j'achète, je fais de l'argent. Depuis plus de trente ans, je longe les côtes du Mozambique, de port en port. Mes cales se vident et s'emplissent. Je charge, je décharge, on me paie, je repars. Je connais bien ce pays et cela vous surprendra peut-être mais je l'aime. Malgré sa pauvreté, sa corruption et la guerre larvée qui lui mange les flancs. L'indépendance ne m'a pas chassé. Je suis marchand. Je n'ai jamais prétendu appartenir à ce pays. Et l'indépendance n'a pas brûlé les champs de cannes à sucre, ni les réserves de noix de cajou. Il y a là-bas encore de quoi remplir un bateau, alors je remplis le mien. Sucre, thé, noix de cajou. De Beira à Maputo, du Mozambique à l'Afrique du Sud. Sucre, thé, noix de cajou, aller-retour. Vous vous doutez bien qu'il n'y a pas que cela. Je transporte quelques armes, que l'on m'achète contre quelques diamants. L'Afrique du Sud regorge d'or et de pierres précieuses et je n'ai pas la prétention d'être insensible à ces richesses. Vous voyez, mes amis, je suis comme la plupart des hommes, pas vraiment pirate mais un peu filou. Toutes ces choses-là ne sont pas légales, mais qu'est-ce qui est légal au Mozambique ? Il y a encore une chose que je transporte parfois dans mes cales : quelques passagers clandestins. Les routes du pays sont impraticables. Les trains sont lents et chers, trop chers pour les paysans qui quittent les rives du Zambèze avec l'espoir de trouver du travail à Maputo. Le bateau est encore le moyen le plus économique et le plus sûr de voyager. Alors je fais comme tout le monde : à Beira je laisse monter quelques pauvres types contre une poignée de billets. Les autorités ferment les yeux. Disons plutôt que je paie les autorités pour que personne ne vienne voir de trop près s'il n'y a que des noix de cajou dans mes cales. Le bruit s'est vite répandu à Beira que le commandant Passeo offrait ce genre de service. Et il n'y a pas de voyage que je fasse sans que quelques clandestins hantent mon bateau. Au fond, je vous avoue que j'aime bien cela. En multipliant tous ces petits trafics, j'ai le sentiment imbécile d'être autre chose qu'un commerçant. Je sais bien que c'est faux. Je suis un petit trafiquant. Tout ce qui peut tenir dans mes cales, tout ce qui a un prix, hommes, femmes, armes, diamants, épices et canne à sucre, je le prends et je le convoie."

Aniceto de Medeiros contemplait le commandant Passeo. Lorsque celui-ci suspendit son récit, il ne le quitta pas des yeux. Il le vit plonger la main dans la broussaille de ses cheveux, se frotter la tête, comme pour ne plus avoir à soutenir le regard de ses compagnons et être seul, un temps, avec lui-même. Qu'avaient vu ces yeux ? Qu'est-ce qui rendait cet homme si lointain ? D'où venait cette fatigue qu'il avait parfois sur le visage et qui donnait l'impression qu'il était allé aux confins du monde ? L'amiral ne pouvait s'empêcher de se poser toutes ces questions, mais lorsque la voix de Passeo retentit à nouveau, elle balaya tout et il reprit son écoute, avec une attention d'enfant dont il ne pensait plus être capable.

"De cette nuit, je n'ai rien oublié. Nous avions appareillé à Beira. Le bateau faisait route vers Maputo. Il y avait une odeur puissante qui montait des cales, une odeur de sel et d'épices. Nous avions embarqué et il y avait plus de clandestins qu'à l'ordinaire. Ils devaient être une vingtaine, hommes et femmes mélangés, tous paysans que la terre ne nourrit plus, tous pauvres fous qui veulent tenter leur chance à Maputo et qui vont se faire broyer dans une ville de fièvre et de poussière. Les hommes, dans le meilleur des cas, trouveront une place dans d'immenses chantiers interminables. Les femmes, elles, ne trouveront rien. Elles le savent mais elles suivent leur homme en priant pour qu'il ne soit pas broyé trop tôt par les chenilles d'un caterpillar.

J'avais ordonné à mon second d'ouvrir les cales. Beira était déjà loin derrière nous et je n'aime pas laisser ces pauvres gens là-dessous, dans l'humidité de la mer qui transpire son sel à travers la coque. Ils pouvaient bien profiter, eux aussi, de leur dernière nuit avant la tourmente des chantiers. Nous avons ouvert les cales et ils ont envahi le pont de leurs silhouettes peureuses, comme un peuple de gueux dans un salon bourgeois.

Je me suis retiré dans ma cabine après avoir vérifié auprès de mon mécanicien que tout allait bien. Je voulais dormir un peu. Je ne savais pas que la grande nuit d'Afrique, ce jour-là, ne m'accorderait aucun sommeil.

Une heure ou deux plus tard, j'ai été tiré de ma somnolence par des cris. Une bagarre avait éclaté sur le pont. Cela arrive parfois entre les clandestins et mes hommes qui essaient de leur soutirer encore un peu d'argent. Je m'empressai de m'habiller. Les cris là-haut redoublaient d'intensité. J'étais en train de monter les marches quatre à quatre lorsqu'un cri strident de femme me déchira les tympans. Je bondis sur le pont, je fendis la foule en hurlant que tout le monde se pousse, qu'on m'explique ce que signifiait ce raffut, mais il était trop tard. Sur le pont de mon navire gisait une femme, face contre terre, morte. Mes lèvres se mirent à trembler. Je regardais tous ces visages autour de moi, impassibles, inexpressifs, bouches entrouvertes, regards stupides de badauds. Je ne comprenais rien. Je demandai que l'on m'explique. Un de mes hommes prit alors la parole pour me dire ce qu'il avait vu."

Le commandant Passeo alluma une cigarette et ce fut comme si ce geste marquait une sorte d'entracte. Ils sortirent tous de leur immobilité. Fernando se leva même. Qui voulait un peu d'eau ? Combien de cafés devait-il refaire ? Est-ce qu'un peu de flan à la fleur d'oranger ferait plaisir à quelqu'un ? Medeiros et Passeo reculèrent leur chaise pour étendre un peu leurs jambes. Le contre-amiral Da Costa se leva pour aller aux toilettes. Le petit cercle s'anima mais cela ne dura qu'un temps. Lorsque enfin ils furent à nouveau tous à table, lorsque les cafés furent servis et les verres remplis, Passeo poursuivit son récit et Lisbonne, à nouveau, disparut.

"Au milieu de la nuit, expliqua-t-il, une femme avait pris à partie un homme. Personne ne sut me dire quelle était la raison de cette altercation. La dispute dégénéra et c'est alors qu'il se produisit quelque chose d'étrange : les hommes présents, en une seconde, se jetèrent tous sur elle et la rouèrent de coups. Avant que mes marins ne puissent s'interposer, ils l'avaient tuée. La foule l'avait battue à mort, en quelques instants. Comme un essaim de haine. J'ai demandé quatre fois au matelot de me raconter comment cela s'était produit. Je ne comprenais pas. Il y a mille explications à la première altercation : jalousie, vengeance, trahison… mais ce lynchage ensuite, lâche et souterrain, ce lynchage de vingt bras qui, sans parler, sans délibérer, frappe d'un seul élan, et tue sans l'ombre d'un doute… J'étais abasourdi mais je ne voulais pas en rester là. J'ai convoqué tous les clandestins et je les ai traités de tous les noms, leur promettant de les livrer aux autorités s'ils ne me disaient pas ce que je voulais savoir. Je les ai même menacés de les jeter par-dessus bord. Rien n'y a fait. Les plus fiers ne m'ont même pas regardé, les autres, un peu gênés, ont murmuré qu'il ne fallait pas que je m'énerve, que cela n'avait aucune importance, que ce n'était qu'une fille de Tigirka. Dans cette nuit qui sentait la noix de cajou et le sel marin, une femme était morte. Je n'avais jamais pensé que mon bateau se transformerait un jour en cercueil. Elle allait à Maputo vendre sa force de travail et gagner de quoi vivre, elle avait, comme tous les autres, accepté de se mêler aux caisses sales de mes marchandises, se mettant sous ma protection le temps d'une traversée. Mais je ne suis qu'un marchand, un petit vaurien de trafiquant, et je ne protège personne, pas même une femme, le temps d'une nuit, au milieu de l'Afrique."

On frappa à la porte du restaurant. Les quatre hommes sursautèrent en même temps. Un couple attendait dehors. Le jeune homme redonna quelques coups sur la porte vitrée. Fernando se leva d'un bond et fit de grands signes de mauvaise humeur pour signifier que c'était fermé. Le jeune homme fit une mimique de supplication pour amadouer le patron mais ce dernier se mit alors à hurler : "Non, non, non… Fermé !" et, pour bien montrer qu'il n'y avait aucun espoir, il descendit de quelques centimètres le rideau de fer. Le couple disparut. Fernando vint se rasseoir à la table, en maugréant contre ces importuns qui dérangeaient le monde sans vergogne… Lorsque le silence fut revenu autour de la table, le commandant Passeo reprit.

"Ma situation n'était guère enviable. Il était inconcevable de me présenter aux autorités de Maputo avec ce corps. Je ne pouvais pas me résoudre non plus à le jeter purement et simplement par-dessus bord. C'eût pourtant été le plus sage et je sais bien que c'est ce qu'auraient fait bon nombre de marins dans ma situation. Ni vu, ni connu, le voyage continue. Un gros sac à la mer, un gros sac glissant du haut du pont arrière, faisant une grosse gerbe d'écume, quelques cercles dans l'eau, puis plus rien. Je l'aurais peut-être fait si ces gens n'avaient pas montré tant de haine contre cette femme. Mais m'en débarrasser ainsi, c'était me ranger de leur côté, dire à mon tour que ce n'était rien qu'une fille de Tigirka et qu'elle ne comptait pas. C'était, je crois, ce que tout le monde aurait aimé que je fasse et j'aurais sûrement trouvé beaucoup de bras pour m'aider à soulever le corps.

Si cela avait eu lieu dans les rues de Maputo, je n'y aurais pas fait plus attention qu'à une bagarre d'ivrognes, mais cela s'était déroulé sur mon bateau. Je me laissais bercer par la musique fatiguée du moteur et la certitude croissait en moi que la nuit allait être longue.

Je demandai alors à mon second – un homme du nom de Zonga – de m'aider. Nous allâmes chercher un grand drap blanc et nous enveloppâmes le corps de la femme, puis, sans échanger un mot, nous descendîmes cette momie dans la salle des machines.

Nous débarquâmes à Maputo la nuit même, comme prévu. Maputo, le diamant puant du Mozambique, la ville ivre où je voudrais mourir, assis à la terrasse d'un café crasseux d'où l'on voit la mer.

Maputo qui se nourrit de la sueur des hommes, de leur fièvre crépue. Maputo qui n'offre rien en échange, qu'un peu de bruit et d'alcool.

Je me suis rendu au poste du port. J'ai rempli les papiers et annoncé que malgré ce qui était prévu, je ne repartais pas immédiatement pour l'Afrique du Sud. Puis je revins à bord et nous libérâmes les passagers. Leurs silhouettes quittèrent mon navire et disparurent à tout jamais pour se fondre dans l'activité industrieuse de la ville. Travailleurs clandestins qui n'ont de visage pour personne et de nom que pour eux-mêmes. Je regardai ces ombres s'échapper des flancs de mon bateau, en pensant que je ne les reverrais jamais, que Maputo, comme une gueule avide, allait continuer à appeler à elle cette foule de paysans hallucinés.

Pendant longtemps je n'ai pas pu me résoudre à descendre dans la cale. Elle était là. Je la sentais. Et je sentais aussi, obscurément, qu'elle allait m'emmener loin dans cette nuit et que je ne serais plus jamais le même.

"Qu'est-ce que c'est une fille de Tigirka ?" demanda Fernando en interrompant le récit de Manuel Passeo.

Medeiros et Da Costa se sentirent gênés de cette interruption mais, au fond, ils étaient contents car ils se posaient eux-mêmes cette question et voulaient savoir.

"C'est ce que je ne savais pas, reprit Passeo, mais c'est ce que j'étais résolu à apprendre. Zonga, mon second, m'a tendu une cigarette puis il m'a dit, comme cela, qu'un des types lui avait dit que le frère de la morte travaillait chez le Grec, qu'il était cuisinier là-bas.

Tout le monde connaît le Grec. C'est le poumon de Maputo, un poumon enfumé et crasseux, un boui-boui sale, toujours comble, absolument irrésistible. Je m'y arrête à chacun de mes passages, comme tous les marins. Un peu bordel, un peu salle de jeu, tous les petits trafics se font chez le Grec. Le patron est un grand gaillard qui arbore une moustache de titan. Lui non plus n'a pas voulu partir après l'indépendance. Lui aussi s'est attaché à ce pays de crasse. Et Maputo ne pourrait pas vivre sans le Grec. Il se conclut là tellement d'affaires, tant de rencontres ont lieu autour des petites tables basses en bois, que le Grec pourrait prétendre devenir citoyen d'honneur du Mozambique.

J'ai marché dans les rues de la ville. Je suais comme un petit Blanc que j'étais, regardant cette humanité de crève-la-faim qui grouille dans l'obscurité. Tous ces hommes qui ne font rien, agglutinés autour d'une échoppe, attendant qu'un camion passe, qu'un contremaître hurle par la portière qu'il a besoin de bras. Tous ces hommes qui n'ont pas de nom, pas d'histoire, juste la couleur noire.

Je suis entré chez le Grec. Le patron était là, rayonnant. Il m'a accueilli d'un «salut commandant» à faire trembler les tables. Je lui ai serré la main, il m'a tendu un verre. C'était du rhum portugais. Je l'ai avalé en une gorgée. Il avait manifestement

152

envie de me parler. Il faut dire que j'ai avec lui quelques petits arrangements et il semblait désireux de revenir sur le prix de certaines des marchandises de nos échanges. Je coupai net ses élans en lui disant que je réviserais avec lui nos tarifs s'il me laissait quelques minutes avec son cuisinier. D'abord étonné, le Grec se reprit vite. Il m'installa à une petite table, fit apporter une bouteille, posa deux verres et demanda à son serveur d'aller chercher le cuisinier.

Un jeune homme s'avança vers moi. Je lui dis de s'asseoir, il m'obéit. Avant qu'il ait pu boire de sa bière, je lui racontai tout. Que je m'appelais Passeo, que j'étais le commandant d'un navire marchand qui faisait la liaison entre Beira, Maputo et l'Afrique du Sud. Que je venais de débarquer cette nuit. Que sa sœur était à bord de mon bateau. Que c'était pour cela que je venais le voir. A cet instant, il m'interrompit en précisant que ce n'était pas sa sœur, qu'ils n'avaient pas la même mère. Je lui racontai alors que sa demi-sœur, s'il préférait, était morte. Qu'elle avait été tuée sur mon navire, assassinée. Je répétai. Il ne disait rien. Il me regarda pour voir si j'avais fini, puis il but une gorgée de bière. «Vous ne me demandez pas comment cela est arrivé ?» Il ne répondit rien. Alors je racontai à nouveau. Je lui racontai le meurtre et il se tut. Je lui racontai le lynchage et il se tut. Je lui racontai les dizaines de bras qui avaient frappé en même temps, le corps perdu de sa sœur, la monstrueuse ardeur des hommes contre elle, mais il se tut. A la fin, lorsque je n'eus plus rien à dire et que je le regardai, hébété face à tant de calme et de silence, il leva les yeux et dit doucement : «C'est bien. C'était une fille de Tigirka.» Sa bouche sourit d'un étrange rictus de dégoût. Et il ajouta : «Je l'aurais fait moi-même si je n'avais pas été de son sang.»

Je sentis le feu monter dans mes veines. J'avais envie de mordre à pleines dents la gueule de ce nègre qui me faisait face et ne disait rien. Je le regardai droit dans les yeux, les mâchoires serrées, les muscles tendus. Je voulais l'injurier, lui dire de foutre le camp mais, avant que je ne puisse le faire, il se leva et sans rien dire, sans me saluer, en s'essuyant simplement les mains dans un vieux chiffon sale, il disparut.

— Qu'as-tu fait ? demanda alors l'amiral, rompant à son tour le pacte du silence."

Et Fernando ne put réprimer lui aussi une exclamation :

"Il n'a rien dit d'autre ? Pas un mot pour sa sœur ?

— C'est à cet instant que j'ai décidé que j'irais jusqu'au bout, reprit Paseo. Que je descendrais le corps de cette fille à terre et que je l'enterrerais à Maputo. Je ne savais pas jusqu'où cela allait me mener. Je ne savais pas à quel point cette nuit allait être longue et étrange. Mais la fille de Tigirka me hantait et je voulais savoir.

— Qu'as-tu fait ?" demanda Medeiros.

Le commandant ne répondit pas. Les trois amis crurent d'abord qu'il reprenait son souffle mais, le silence se prolongeant, une inquiétude naquit en eux.

"Alors, que s'est-il passé ?" demanda Fernando.

Passeo sourit doucement sans rien répondre. Il avala une cuillère de flan qu'il laissa fondre dans sa bouche.

"Je vous raconterai tout cela la prochaine fois", finit-il par dire, posément.

Ce fut alors un tonnerre de cris. Il n'en était pas question. Qu'est-ce qu'il racontait ? Quelle prochaine fois ? C'était maintenant ou jamais. On n'avait jamais vu cela : s'arrêter ainsi, en plein récit. Passeo resta calme. Il répéta qu'il ne raconterait plus rien. Qu'il était tard et qu'il dirait la suite la prochaine fois. Devant tant de résolution, les trois compères pâlirent.

"Tu vas y retourner ? demanda alors Medeiros.

— Je pars après-demain, répondit Passeo.

— Ce que tu as appris, ou vu, ou vécu cette nuit-là a quelque chose à voir avec le fait que tu y retournes ?

— Oui. Depuis cette nuit, je sais que je ne pourrai plus jamais me passer du Mozambique."

C'est alors que le contre-amiral Da Costa se mit à geindre comme un enfant que l'on envoie se coucher alors que la fête bat son plein.

"Mais qui sait si tu reviendras seulement de ce pays de fous pour nous raconter la suite ?

— Alors, dit en souriant le commandant, c'est que le Mozambique m'aura avalé et il faudra qu'un de vous aille là-bas pour apprendre la suite de l'histoire.

— Vous êtes un misérable ! dit Fernando avec une moue d'enfant fâché. Un misérable d'une infinie cruauté. C'est comme si je vous avais donné une

155

bouchée de mes douceurs d'Apocalypse pour mieux rapporter le plat en cuisine ! Vous mériteriez que l'on vous saoule pour vous faire parler."

Les hommes rirent et trinquèrent une dernière fois. Au fond, la fatigue commençait à leur peser et ils n'étaient pas mécontents de pouvoir bientôt regagner leur lit.

En se levant de table, chacun, en son esprit, prit rendez-vous avec le Mozambique de Passeo. Dans six mois, dans un an, ils mangeraient à nouveau tous ensemble et se feraient une joie de replonger là-bas.

Une fois debout, ils remirent les chaises en ordre et récupérèrent les paquets de cigarettes sur la table. Comme chaque fois ils demandèrent à Fernando combien ils devaient, mais comme chaque fois Fernando déclara avec une moue surprise – presque offensée – qu'ils ne devaient rien, alors comme chaque fois ils se récrièrent, protestant qu'ils ne viendraient plus, et Fernando, comme chaque fois, ne voulut rien entendre. Ils mirent leur pardessus en le remerciant chaudement. Puis ils sortirent. Lisbonne était vide maintenant. Le vent de l'Atlantique s'était levé. Il n'y avait plus aucune lumière, que quelques réverbères et la silhouette furtive, parfois, d'un vieux chien qui filait le long d'un mur. Ils restèrent un temps devant le restaurant parce qu'une petite pluie froide s'était mise à tomber et qu'ils prirent le temps de rajuster leur imperméable. Puis enfin ils se séparèrent. Trois ombres disparurent dans la pluie de Lisbonne. Trois ombres qui ne savaient pas qu'elles ne se reverraient plus jamais. Et Fernando tira son rideau de fer.

"Vous croyez qu'il reviendra un jour ?"

La voix de Fernando tira l'amiral de Medeiros de ses songes.

"Plus le temps passe et moins j'en suis sûr", répondit l'amiral.

Fernando acquiesça. Lui aussi pensait que Passeo était retourné à Maputo et ne réapparaîtrait plus. Le petit cercle était brisé. La mort avait pris le contre-amiral Da Costa et la vie avait éloigné Passeo. Il ne restait qu'eux maintenant et plus rien n'était possible. Que pouvaient-ils faire à deux ? Se raconter des histoires, tour à tour ? Quelles histoires ? Lui ne connaissait que sa cuisine. Il n'avait rien à raconter, rien d'autre que des histoires de quartier. Il fallait se résigner : le cercle était brisé et ils resteraient seuls avec leur appétit inassouvi de Mozambique.

"Que reste-t-il de tout cela, Fernando ?" demanda soudainement Aniceto de Medeiros.

L'amiral avait l'air triste tout à coup, d'une tristesse épaisse qui vous pèse sur le visage.

"De quoi ? demanda Fernando qui n'avait pas compris.

— De nos heures passées ici. Des histoires que nous nous sommes racontées les uns les autres. De nos réunions, des plats partagés, des cigarettes fumées et des histoires dites et écoutées. Je ne parle pas que de la dernière, Fernando, je ne parle pas que de la nuit Mozambique de Passeo. Celle-là, parce qu'elle est la dernière, est peut-être celle qui nous accompagnera le plus longtemps, mais les autres ? Tous ces instants passés chez toi, à quatre, qu'en restera-t-il ? Je suis revenu ici parce que je me suis rendu compte ce matin que cela me manquait. Tout au long du chemin, j'ai repensé à nous. Cela te fera peut-être rire, Fernando, mais ces instants-là sont parmi les plus chers de ma vie. Ce ne sont pas les seuls, bien sûr, mais si on devait dire qui je fus, il me semblerait impossible de ne pas raconter nos repas. Est-ce que tu comprends cela ?"

Fernando acquiesça. C'était le même sentiment qui l'habitait. Mais avant qu'il ne pût répondre, l'amiral reprit et sa voix se fit encore plus sombre.

"Que restera-t-il de tout cela ? Rien, Fernando, rien du tout."

Le visage de Fernando s'illumina d'un coup. Il sourit avec bonheur. L'amiral vit le visage enjoué de son ami et en fut surpris.

"Qu'y a-t-il ? demanda-t-il.

— Je ne peux pas faire revenir Passeo, répondit Fernando. Et la tristesse qui nous accompagne parce que nous savons que nous ne nous rencontrerons plus jamais à quatre, je ne peux pas la soulager. Mais vous vous trompez, amiral. Que reste-t-il de nos réunions ? Rien, dites-vous ? Vous vous trompez. J'ai mes petits secrets. Attendez. Je vais vous montrer."

Aussitôt, il se leva et disparut dans les cuisines. L'amiral entendit un bruit d'escabeau, de tiroirs, quelques chutes d'objets, puis Fernando réapparut. Il avait sous le bras de grands étuis oblongs en carton, de ceux dans lesquels on range des cartes ou des toiles de tableaux. Il avisa une table du restaurant, fit signe à l'amiral de s'approcher puis, lorsqu'il fut à ses côtés, il ouvrit un des étuis et en sortit un papier qu'il déroula en disant, avec joie :
"J'ai gardé toutes les nappes.
— Les nappes ? répéta l'amiral sans comprendre.
— Les nappes en papier sur lesquelles nous avons mangé ces soirs-là. Je les ai toutes gardées. Regardez. Elles sont toutes là. Je les ai même datées, chaque fois. Tenez : «8 août 1969.» Et celle-là : «3 juin 1978.» C'est la dernière. Vous voyez, ce n'est peut-être pas grand-chose, mais il reste cela."

L'amiral resta bouche bée. Il lui fallut du temps pour sortir de sa stupeur. A l'instant où Fernando avait déplié les nappes, cela lui avait semblé ridicule : un désir dérisoire de conserver ce qui ne peut l'être. Mais maintenant, il se penchait sur les nappes, il les parcourait du regard, du doigt, et l'émotion le gagnait. C'était une sorte de cartographie de leur amitié qu'il avait sous les yeux. Les taches de vin. La position des assiettes. On pouvait imaginer qui était assis à quelle place. Il revoyait les gestes des mains au-dessus de ces nappes. Un verre que l'on renverse et qui interrompt, pour un temps, le récit. Une miette de pain avec laquelle on joue du bout des doigts. C'était la trace la plus émouvante qui pût rester de leurs rencontres. Une foule de nappes.

Il examina plus longuement la dernière : celle de 1978. Avec l'aide de Fernando, ils refirent le plan de table. Ils observèrent la place du commandant Passeo. Une petite tache de vin rouge semblait la marquer avec exactitude. Les mains qui avaient fait cette tache savaient-elles qu'elles ne reviendraient jamais ? pensa l'amiral. Il avait sous les yeux une trace tangible de leur amitié et il trouva cela beau. Le souvenir de toutes ces conversations était là, sur ces papiers salis. Une forme de sérénité l'envahit. Oui. C'était bien. Ils avaient été cela. Quatre hommes qui parlaient, quatre hommes qui se retrouvaient parfois, avec amitié, pour se raconter des histoires. Quatre hommes qui laissaient sur les nappes de petites traces de vie. Et rien de plus.

2000-2007
(Paris)

TABLE

BABEL

Extrait du catalogue

COÉDITION ACTES SUD – LEMÉAC

Ouvrage réalisé
par l'Atelier graphique Actes Sud.
Achevé d'imprimer
en juin 2008
par Normandie Roto Impression s.a.s.
61250 Lonrai
sur papier fabriqué à partir de bois provenant
de forêts gérées durablement (www.fsc.org)
pour le compte
d'ACTES SUD
Le Méjan
Place Nina-Berberova
13200 Arles.

Dépôt légal
1re édition : août 2008
N° d'impression : 082061
(Imprimé en France)